教科書の中の夏目漱石

石原千秋

Chiaki Ishihara

大修館書店

はじめに

教科書が好きな少年だった。特に国語の教科書が。学校から配布されたその日のうちにすべて読んでしまうのが常だった。新しい教科書特有のインクの臭いも好きだった。副読本も好きで、中学生の時に配られた小説集では、安岡章太郎『宿題』の途方に暮れた少年は自分のことだと思ったし、伊藤左千夫『野菊の墓』の最後は泣きながら読んだ。

家にあった北杜夫の「どくとるマンボウ」シリーズもほとんど読んで、そっくりの文体で作文を書いては国語の担当だった谷田慶子先生（詩人の牟礼慶子）に褒められて、ずいぶんと悦に入っていた。『どくとるマンボウ青春記』を読んで、旧制高校のことだとは気づかずに、高等学校に進学したらこういう世界が待っているのかと激しい勘違いをしていた。文学青年という言葉は知っていたが、それは小説家志望の青年のことであって、他の生徒よりほんの少し多く本を読んでいるだけの自分のことだとは思ってもみなかった。

それでも高校時代は楽しかった。人生がやり直せるならどこからがいいかと考えることがある。中学生時代からでも悪くないなと思いつつ、やはり高校時代からがいいと思う。よりよく過ごしたかったというのではない。すべてあのまんまでいい。東京のはずれにある全国で二番目に小さな市の、時折激しい体罰のある中学校の生徒には、校舎をアイスキャンデーを舐めながら歩いていてもすれ違う教員はにやっと笑うだけの、そのころの都立高校が持っていた自由の香りがとても新鮮だった。高校も少し前の学園紛争の「恩恵」を受けていて、自由が謳歌できる時期だったのだ。先生方も生徒に「大人」として接していたし、体罰など一切なかった。制服も標準服になり、実際にはみな私服だった。一九七〇年代はじめのことだ。

少数の中学国語もあるが、この本は高校国語の中の夏目漱石のためにある。教科書も時代の中にあるから、「あのまんま」にはならない。それでは、いま国語教科書で漱石文学を読むことにどのような意義があるのだろうか。それを一言で言うなら、新しくて古いからだ。漱石文学の文体は現代の中流階級に連なる東京の山の手の読者に向けて書かれていたから、その言葉はいまでも読める新しさを備えている。しかし、見かけの新しさとは裏腹に、当時の古いコンテクストに置き直さなければならない言葉も少なくない。そのことに気づけたら、文学がはじまる。それは「あのまんま」とは一体何だろうと問うことだ。日本近代の「あのまんま」を読むために、教科書の中の漱石文学がある。

付録

＊漱石の小説作品からの引用は、新潮文庫によった。「現代日本の開化」「私の個人主義」は、ちくま学芸文庫によった。文庫未収録のものは、『定本 漱石全集』（岩波書店、二〇一六～二〇二〇）によった。引用に際しては、原則として表記を新字体に改めた。

序章

この本を書くためにたくさんの戦後の国語教科書を読んでいたら、成城国文学会編の『中学国語』があった。成城大学で学んだので、この教科書を編集した一人で俳諧研究者の栗山理一先生の授業を受けたことがある。その余談が鮮明に記憶に残っている。

「教科書を編集したら、ＧＨＱから「森鷗外と夏目漱石はまったく同じじゃないか、どちらか一方でいい」と言われた。僕らは鷗外と漱石はまったく違うと思っていたから、驚いたね。アメリカ人から見ると同じなんだねえ」と。ＧＨＱというのは、実際にはＧＨＱの部局の一つＣＩＥ＝民間情報教育局だろう。どういう仕方でその意向が伝えられたのかはわからないが、「国文学史」の講義を「チグリス・ユーフラテスは」と世界四大文明から説き起こし、世界文学にも通じていることを誇りにしていた栗山先生にしてみれば、驚きの度合いがよほど大きかったのだろう。

当時の成城国文学会は、「文芸読本」という、ビックネームの作家や古典に関する書き下ろしの解説シリーズを、戦後間もない一九四八年から精力的に刊行していた。最終的には四五巻になった。その巻頭に掲げられている「読者の皆さんへ」という文章の全文を引用しておこう。


新らしい日本の夜明けを告げる自由の鐘が鳴っています。

東の山際は紅にそまりはじめました。

やがて太陽が昇ろうとしています。

この太陽こそ皆さんなのです。

太陽のようなまろらかな知と、太陽のような明るい情と、太陽のような熱ある意と、それをかねそなえたものが、人間性の完成です。

このような人間完成をとげさせてくれるのが、文藝だと思います。文藝はそれを創った人たちが真剣になって人間探求を行なったものだからです。

この本は新日本の明日をせおいたつ皆さんに、文化人としての深い教養と、社会人としての高い良識とをあたえたいと編まれたものです。

成城国文学会は創設このかた十数年の間、皆さんのような人たちとともに学び、ともに歩いてきました。この本はその実のりの一つとして生れたものです。

学校において、家庭において、皆さんの心の糧として、役にたつことを切に望んでいます。

よく読んで、感想や希望をお寄せ下さい。

成城国文学会一同

まさに「夜明け前」だ。この文案は坂本浩先生による（「成城国文学会裏話」『わが心のふる里』右文書院、一九八六年五月）。「自由」への憧憬に溢れた文章である。もちろん、この文章自体が時代の制約を強く受けているが、一方で「文藝」と「人間完成」とを結びつけるなど、その後の国語の中の文学教育の暗黙の前提となっていく理念を当然のこととして語っていることも見逃せない。

近代文学を専門とする坂本先生は、私の恩師の一人である。明治四〇年生まれで、熊本の旧制第五高等学校から東京帝国大学に学んだ、『三四郎』の小川三四郎のような経歴の持ち主だった。三年生の時には、定年まであと一年と知りながら坂本先生のプレゼミに所属した。四年次は高田瑞穂先生（明治四三年生まれで、旧制静岡高等学校から東京帝国大学に進学した）のゼミに移って卒業論文を書いた。その間も、坂本先生のご自宅で隔週のゼミを開いていただいた。

そこで、卒業が決まった後に仲の良かった友人三人でご報告とお礼に伺った。一人は古代（中西進先生）のゼミだった。その頃は、何かにつけ教員を訪ねる習慣がまだ残っていた。そういえば、高校二年の時の担任の大上正美先生（現青山学院大学名誉教授）のお宅には、浪人時代から大学時代まで友人と何度も訪ねたものだった。みんなで引っ越しのお手伝いに駆けつけたこともある。

いろいろ話しているうちに、坂本先生は古代ゼミの友人に「君は卒業論文で何を論じたの？」と声を掛けた。友人がほんの一瞬ためらったのがわかった。そして「『万葉集』の「そがい」という言葉について論じました」と答えた。その答えを聞いて、友人がためらった理由がわかった。「そがい」というのは「背向」と漢字を当てる、「後ろの方」というような意味の古語である。大きな辞典にしか載っていない。私はまったく知らなかった。ところが、坂本先生は「僕は『万葉集』の「そがい」は後ろから見るときに使う言葉だと思っていたけど、どう論じたの？」とさらに問いかけた。

帰り道、私たち三人は「旧制高校はすごいなあ」と口々に感嘆の声を上げた。坂本先生は旧制高校の出身であり、かつて旧制の成城学園高等学校（七年制）の教員でもあった。その時は、坂本先生が「文芸読本」シリーズでは夏目漱石や国木田独歩のほかに『竹取物語』の巻を執筆していることをまだ知らなかった。

昭和時代の文学部（成城大学の場合は文芸学部）をとりまく雰囲気はこういうものだった。旧制高校出身の先生方は、私の学部・大学院在学中に次々に七〇歳の定年を迎えた。私は、旧制高校出身の大学教員に教わったほぼ最後の世代だろう。よく「旧制高校の教養主義」というが、それは「自由」と「知識」から成り立っており、それを通して「人間完成」を目指していた。

高田瑞穂先生には、いまや伝説の参考書となった『新釈 現代文』(元版は新塔社で、いまはちくま学芸文庫、二〇〇九年六月)がある。この参考書の眼目の一つは「ヨーロッパ近代精神」すなわち「人間主義と合理主義と人格主義」とは何かを説くことにある。これらが身につけば二度と戦争は起こさないという信念からだったろう。高田先生の最終講義は、近代文学とは何かを説くにあたって「重商主義とは」と語り始める壮大なものだった。そこにも旧制高校的なるものがあった。

明治維新以降の日本の学校は西洋の学問を教える洋学校だから、「読者の皆さんへ」が「人間完成」と言うときの「人間」は、西洋・東洋両方の知識を持ちながらも、西洋的価値観(ヨーロッパの近代精神)を身につけた「人間」だった。戦後すぐの国語教科書の編集者の多くは旧制高校の出身者だった。それが、この時期の国語教科書の質に反映している。旧制高校的教養主義の色彩が、教材や「学習」に色濃く表れている。そして、それはその後の国語教育の方向に決定的な影響を与えた。

竹内洋は、近代文学の研究者なら誰でも参照する教育学者である。その中でも特に、近代日本の高等教育が何を生んだのかを論じた『立志・苦学・出世——受験生の社会史』(講談社学術文庫、二〇一五年九月)と、旧制高校の歴史を詳細に論じた『学歴貴族の栄光と挫折』(同、二〇一一年二月)と、戦前から戦後における旧制高校的教養主義の行方を跡づけた『教養主義の没落』(中公新書、二〇〇三年七月)は、近代文学研究に必須の本だと言ってもいい。

『立志・苦学・出世――受験生の社会史』はピエール・ブルデューの理論を使って高等教育を論じたごく早い時期の本で（初版は一九九一年二月刊行の講談社現代新書）、階級社会であるヨーロッパではエリートの言動の傾向（ハビトゥス＝身のこなしや趣味など）を身につける場は家庭だったが、江戸時代とはまったく違った知識や思考を身につけなければならなかった近代日本では、洋学校だった旧制高校がその役割を果たしたと論じた。教養主義がこれにあたる。

そこで、階級社会だったと言っていい戦前の日本では、ヨーロッパのようにエリートがエリート階級の再生産によって生まれるだけでなく庶民からも生まれ、ある程度の平等が実現した。しかし、長い「戦後」の安定期に再生産が繰り返され、エリートはエリートの再生産によってしか生まれなくなりつつある。いまの日本は再階級化されつつある。その一つの現れが、学歴の高い親が学歴の高い子を再生産する教育格差問題である。

戦前と戦後の連続性を考慮するなら、戦後の高等学校は戦前の中学とイメージを重ねるべきだった。ところが、単に勘違いをして旧制高校とイメージを重ねてしまっただけかもしれないが、戦後すぐの国語教科書は旧制高校的エリートの再生産装置の役割を果たそうとしていた可能性がある。

関口安義の調査によると、戦前期における主要な国語教科書の中の漱石は『吾輩は猫である』、『草枕』が圧倒的に多い（「漱石と教科書」『夏目漱石必携Ⅱ』学燈社、一九八二年一〇月）。ユーモアと美文である。

戦後初期の国語教科書の中の漱石にはこれが引き継がれている。いまや芥川龍之介『羅生門』、中島敦『山月記』とならぶ定番教材＝安定教材となった『こころ』がはじめて登場するのは一九五六年の清水書院『高等国語二』、本格的に収録されるのは一九六三年一一月の筑摩書房『現代国語2』からだが（藤井淑禎『純愛の精神史――昭和三十年代の青春を読む――』新潮選書、一九九四年六月）、『こころ』は旧制高校の学生の間でもよく読まれていたという（筒井清忠『日本型「教養」の運命』岩波現代文庫、二〇〇九年一二月）。『こころ』の収録は旧制高校のいわゆる裏のカリキュラム（正規のカリキュラムではないが、旧制高校生が読むべきとされていた文学や哲学や歴史）を引き継いでいることになる。

かつて私は、戦前から高度経済成長期までの大学入試国語を概観したことがある（『秘伝 大学受験の国語力』新潮選書、二〇〇七年七月）。私が見た限りでは、戦前（大正期）の旧制高等学校の入試国語は数行のごく短い文章を、出典も示さずに「解釈せよ」とあるだけだった。知らなければどうにもならなかっただろうから、膨大な勉強量をこなすか山でも張るしかなかっただろう。同じ大正期の東京帝国大学の入試国語は出典が示されていたから、考えようによっては、大学の入試国語の方が易しかったかもしれない。

昭和三〇年代はじめの大学入試国語は、文学史の知識がなければ、そして実際に当時の現代文学を読んでいなければ解答できないものばかりだった。たとえば、昭和三〇年の立教大学経済学部の入試国語は、近現代小説の冒頭部が一〇並んでいて、その作者は選択肢から選ぶものの、作品名は自分で答えるものだった。一種の不倫小説である大岡昇平『武蔵野夫人』もあげてあった。大学に入るにはこれを読んでおきなさいというわけだ。なんというすばらしい良識だろうか。作問する立場からいえば手抜きかもしれないし、いまなら大学院入試問題レベルだが、これが経済学部の入試国語なのだから驚くほかない。旧制高校的教養を前提としていたのである。入試問題のコンテクストは問題文の外

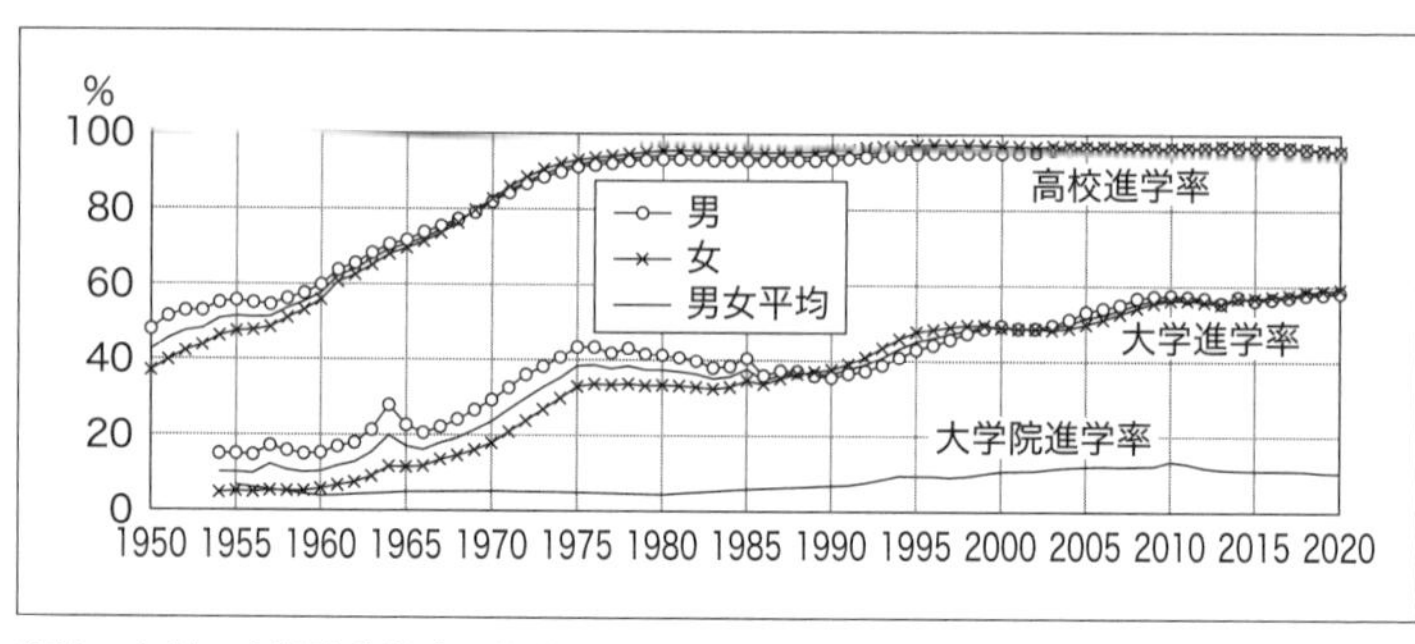

高校・大学・大学院進学率の推移（e-Stat学校基本調査・年次統計、文部科学省「文部科学統計要覧」より）

にあるということだ。

それが、入試問題のコンテクストが問題文の内にある形に変わってくる。きれいな言い方をするなら、知識を問う問題ではなく、思考力を問う問題が建前になったわけだ。そのためには問題文自体に論理の展開がなければならないから、それまでは一〇〇〇字程度だった問題文が二〇〇〇字、三〇〇〇字と現在のように長くなっていった。それは大学進学率が三割をかなり超えた一九八〇年代からである。以下、少し数字をあげておこう。

高度経済成長期だった一九六五年から一九七五年までの一〇年間で、大学進学率はおよそ一八パーセントから三八パーセントまで、一〇年間で二〇パーセントも上がっている。高校進学率は九〇パーセントを超えた。ちなみに、旧制高等学校の進学率は男子だけの学校ということもあるが、明治期には〇・五パーセント以下、戦前の最後の時期（昭和一〇年代）でも一パーセントほどだった。数え方にもよるが、旧制高等学校は制度廃止に近い昭和二〇年で全国に三八校しかなかった（秦郁彦『旧制高校物語』文春新書、二〇〇三年一二月）。学生数は約二万人（文部省『学生百年史　資料編』ぎょうせい、二〇二二年一二月）。いま全国の普通科の高等学校は三千数百校である。旧制中学でも昭和二〇年時点で七七六校、学生数約六四万人だった。

この数字を見ればすぐにわかるように、高度経済成長期以後になると大学までもが大衆化して旧制高校的な教養を問うことができなくなってきたのである。今度の共通テストはこの延長線上に位置づけることができる。こうした変遷と教科書教材のあり方は軌を一にしている。

実際に二〇二一年一月に実施された新しい共通テストの国語は、特に論説文の問題文は前提となる民俗学的な知識とあまり関連のない論理展開でかなり質が悪かったし、複数の文章を組み合わせることでなんとか面目は保ったが、事前に実施されて激しい批判を浴びた模擬テストのような実用的な文章は出題されなかった。

実は共通テストの基礎となる新学習指導要領は、どう見ても高校を卒業してすぐに就職する生徒のための教育としか思えない。それを踏まえた大学入試国語は明らかに倒錯している。高校で完結すべき学力を大学入試国語で問おうとしているからだ。言い方を変えれば、大学に進学しない五〇パーセントのための学力を、大学に進学する五〇パーセントで測ろうとしたのだ（拙論「大学進学率50パーセント」『早稲田大学 国語教育研究』第40集、二〇二〇年三月）。

新指導要領でははっきりした近現代文学殺しが行われた。「文学国語」を四単位に設定して、私立大学受験に有利だから優先されることが確実な「論理国語」の四単位と共存できにくくしたのだ。いま現場では近現代文学を残すために減単位で「文学国語」をカリキュラムに組み入れるなど様々な工夫が行われている。その理由は、なんとしても中島敦『山月記』と夏目漱石『こころ』は教えたいという国語教師の切実な思いだと聞いている。『こころ』について話してほしいという高校の先生方からの要望も相変わらず多い。共通テストの小説問題も近現代文学殺しの歯止めになるはずだが、しばらくは試行錯誤が続くだろう。

この本の第一章では、教材としての漱石文学の主要作品の読み方を具体的に提示してみた。もちろんこれだけが「正解」ではないが、肯定的に関わるにせよ批判的に関わるにせよ、読み方の基軸になれば幸いだと思っている。第二章では、作品が発表された時代にどのような意味を持ったのかを中心に書いてみた。現代とはちがったコンテクストに作品を置いてみると思わぬ発見がある。

現代に寄せて読むか、時代に寄せて読むか。どちらが正解というわけではない。ただ、国語教材としてはふだんはあまり意識されない同時代のコンテクストを知っておいた方が授業に深みが出ると、そんなありきたりのことを言いたいのではない。現代か同時代か、きっと迷うだろうと思って書いたのだ。私自身にも答えが見つからない。しかし、文学はそこからはじまるのだ。

最後に、今回いくつもの教科書を読んで痛感したことを前もって書いておきたい。教科書に作品を収録するときに重要なのは何を選ぶか、どういう「学習」を付すかだが、それと同じくらい重要なのがどこをカットして収録するかだということだ。カットの仕方によって、まったくちがった読み方になってしまう。そういうことも含めて考えていきたい。

第1章

教材の新たな可能性

「文学はどう読んでもいい」と誰もが言うのに、教室ではそれができない。試験があるからだ。では、試験がなければ生徒は個性的な読み方ができるのだろうか。おそらくできない。日本の教室では個性を作り出す（個性は育てるものではなく作るものだ）方法が確立されていないからだ。私自身が大学一年生のための導入教育「日本文学基礎演習（近代）」で日々悪戦苦闘している。感想から出発して、小説の要約でしかないものを自分の読みだと思い込んだレポートを書き、ようやく少し解釈ができるようになると、残念なことにみな学校で怒られないようなよい子の作文になる。

学校では、ある範囲の読みしか許されないことを身をもって一二年間も経験した結果、それが身体に染みこんでしまって自分の意見を言う勇気をくじかれているのだ。大学生でさえ「みんなの前で誉めないで下さい」と言う。それでいて「自分らしさ」などと言ってあたかも個性がもともと個人の内面にあるかのような幻想を植え付けられているから、個性は途方もない努力の後にしか獲得できないことを知らないのである。

そこで「文学はどう読んでもいい」ことを二つに呼び分けることを提案したい。一つは「好きに読むこと」で、これは個人的な楽しみとしての読書である。もちろん、どんな感想でもいい。もう一つは「自由に読むこと」で、これは教室の読書行為である。どんな読みでも構わないが、必ず何らかの根拠をあげて、教室のみんなを説得しなければならない。ほとんどの教室では教科書本文以外は参照しないから、結局は本文の解釈を競うことになる。このとき、解釈は創造行為となる。そして、個性を作る契機が生まれる。

こうした考えから、この章では主にさまざまな根拠のあげ方について具体的に述べた。

I『こころ』の「心」を読む——『こころ』①

人は時として自由のためなら命を投げ打つことさえある。この自由は心の自由と行動の自由だが、行動の自由は心の自由の現れと考えられているだろう。しかし、人の「心」はいつまでその特権性、すなわち精神の自由を誇っていられるだろうか。

私たちの心が外的な条件に制約を受けているという考え方は、いまや常識に属するだろう。もし、人工知能にある一つの条件に対して百通りの反応を教え込んだら、それは生きた人間より「心」が豊かなことになるだろうか。こんな想像をしてみたくなる時代に、夏目漱石『こころ』はどんな意味を持つだろう。この問いを考えるために、大正三年当時『こころ』は決して自然な小説ではなかったかもしれないということを、ごく簡潔に書いておきたい。

「女のからだ」というフロンティア

近代日本に輸入された資本主義は、フロンティアという言葉と密接な関わりがある。資本主義は次々とフロンティアを「発見」してきた。

文学にとってのフロンティアも未知の領野だった。大航海時代＝大発見時代を起源に持つ近代小説は、新しいものを伝えるのが重要な役割だった。近代小説は「新しいもの」を次々と取り替えていくやり方で生き延びてきたから、「新しいもの」は次々と変わっていく。近代は「自由」が多くの人に与えられた時代だ。その「自由」が「流行」を生み出す。

近代とは「流行」によって支えられた時代である。たとえば、ファッションは流行現象がなければ成立しないジャンルである。階層によって着ることができる服や服の色が決められていた時代もあったことを思えば、ファッションこそが、近代の象徴だと言うことができる。自由だからこそ流行が生まれて、皆が同じような服を着るという逆説が起きる。しかし、他人に見られる快楽を覚えた大衆は、まったく同じは求めない。「皆より少し上の同じ」を求めるのである。この欲望が資本主義を成り立たせている。だから、ファッションがわからない人には資本主義はわからない。他人への「見せびらかし」が経済活動の基本だと説くソースタイン・ヴェブレン『有閑階級の理論』(村井章子訳、ちくま学芸文庫、二〇一六年一一月)は決して奇書ではない。

人間のバースコントロールや生殖技術を告発的に研究してきた荻野美穂に、『女のからだ――フェミニズム以後』(岩波新書、二〇一四年三月)がある。生物がすべてそうではないが、人間は女性だけが子供を産む。医学にとっての女性の体は生殖技術という名の、そこから利潤を生み出すことができるフロンティアとなった。いまでは子供を産むほとんどすべての段階を、自分の体を使わずにアウトソーシングしてできてしまうところまで生殖技術は「進歩」している。資本主義において「女のからだ」がフロンティアだということを理解するためには、「男のからだ」という本がほとんど書かれない事実をあげるだけで十分だろう。

「女のからだ」は文学にとってもフロンティアだった。明治維新以降、日本に進化論が入って来た。進化論は生物学だから、動物には雄と雌がいるという当たり前のことが「問題」として浮かび上がってきた。これを人間に当てはめると、男と女がいることになる。それが、明治の中頃に男性知識人の間で「両性問題」としてクローズアップされた。男性知識人にとって、それまで女性は男性と同じレベルの「問題」としては頭の中になかったのだ。「男子と女子とは、本来絶対に相異るものにあらで、等しく、これ、人類なり」(大鳥居弃三、澤田順次郎『男女之研究』光風館書店、一九〇四年六月)などという文章を読むと、この文章の向こうにそういは思っていいなかった多くの読者が見える。この本は当時として決して特別な本ではない。当時の本が読めるレベルの中間層にとっても、女性は男性と同じ人類ではなかったのだ。

「両性問題」は生物学的領域だが、それが次第に心の問題に移っていくことになる。明治三〇年代頃から『婦人の心理』というような本が多く刊行される。男性知識人の関心の領域が「女性の体」から「女性の心」に移っていくのである。明治三〇年代には、女性にとって実質的に最終学歴となる高等女学校が普及し始めた。女学生やその卒業生が増えてくる時代だった。男性知識人にとっては、ある程度教育のある女性——品のない言い方をすると「素人女性」が身近にいる日常が出現した。

たとえば、電車通勤の時に通学する女学生と身を寄せ合うような経験を日本人ははじめてしたのである。田山花袋は明治四〇年に『蒲団』で有名になるが、『蒲団』の直前に『少女病』という小説を書いている。少女(実際には女学生)に病的に興奮する中年男性が主人公になっていて、まさに『蒲団』以前と言っていい。この主人公は電車で通勤するが、電車で通学する女学生に興奮する。おそらく、視姦を書いた日本ではじめての小説だろう。この興奮は、明治三〇年代に流行した女学生小説の総決算でもあった。それは、女学生がいわば風俗となった、すなわち近代文学上のフロンティアになった証である。

近代文学は「学校教育を受けた女性」というフロンティアを取り込んでいったのだ。しかし、この女学生小説のテーマこそは「女のからだ」だった。当時女学生小説を読む「読者の期待」は、女学生が堕落することにあった。当時の「堕落」とはセックスをして妊娠することだった。女学生小説とは、読者がどうやって女学生が堕落するのかを楽しみに読む小説だったと言っても過言ではなかった(菅聡子『メディアの時代――明治文学をめぐる状況』双文社出版、二〇〇一年一一月)。

明治も四〇年代となると「高級な文化」が生まれた。「高級な文化」が生まれるのには、ある一定のエリアに四つの条件が揃う必要がある。第一は資本である。第二は知識人が集まることである。第三はそれらを享受できるある程度教育を受けた大衆が生まれることである。第四は有り余る時間である。すべて教育と関わる。この四つの条件が整うと、「高級な文化」が一気に花開く。明治期の東京=旧一五区は、山の手と大江戸線の内側にほぼ重なるエリアだが、明治四〇年に約二一五万人でピークになっている。その後昭和一〇年にこの旧一五区のエリアの人口は約二二五万人で、微増にしかなっていない(小木新造ほか編『江戸東京学事典』三省堂、一九八七年一二月)。東京の都心は明治四〇年頃にほぼ成熟したのである。明治四〇年に日本の「近代文化」が開花したのは、こういう理由からである。この時代に、近代文学が自然主義文学という形で一気に開花した。

夏目漱石のデビューもこの時期だから、とても幸運だったと言っていい。「近代文学はいつからか」という問題が議論になることがある。以前は二葉亭四迷の『浮雲』からだったかもしれないが、いまでは明治四〇年前後の自然主義文学の時代から近代文学が開花したという説をとる人が多くなっている。明治二〇年頃の『浮雲』の試みと『小説神髄』の理論が、二〇年かけてようやく一般化したのである。それを「女の謎」、すなわち「心」の問題に中心化したのが漱石文学だった。いや、『浮雲』も内海文三がお勢の「謎」に振り回される小説だった。

「女の謎」というフロンティア

正岡藝陽『婦人の側面』（新声社、一九〇一年四月）には「女は到底一箇のミステリーなり、其何れの方面より見るも女は矛盾の動物なり」という一節がある。女は体の問題ではなく心の問題であると言っているのである。この時代から徐々に「心」が問題になり始めてきていることがわかる。ポイントは「ミステリー」や「矛盾」である。すなわち、女性の自我を統一的に把握できないのである。あるいは、女性は統一的な自我を持つ存在とは認識してはいなかったのである。

漱石文学をよく読んでいれば、「矛盾」という言葉に思い当たるだろう。『三四郎』の三四郎が上京して同郷の先輩の野々宮宗八を大学に訪ねたあと、池の端にしゃがんでいる場面。美禰子が三四郎の前を通り過ぎて、三四郎は一言「矛盾だ」と言う。三四郎は「わからない」と言っているのである。「矛盾だ」という言葉は、東京帝国大学のエリート学生だから出た言葉ではなくて、ある程度教育を受けた男性に共通する女性の見方だったのだ。

白雨楼主人『きむすめ論』（神田書房、一九一三年一二月）に「知り得たるが如くにして不可解なる者は処女の心理作用である、言はんと欲する能く言はざるものは処女の言語である、問へども晰かに語らざる者は処女の態度である、知つて而して知らずと謂ふものは処女である、想ふて而して語らざるものは処女の特性である、不言の中に多種多様の意味を語るものは処女の長所である」という一節がある。〈先生〉にはお嬢さんのことがわからず、その「心」を自分の「心」で考え続けるが、それが当時として一般化しつつあった女性のとらえ方なのだというのがよくわかる。

漱石は「女の謎」を書き続けた作家である。『こころ』も例外ではなかった。〈先生〉があれほど逡巡するのは、人間不信に陥ったからという理由からだけではなかった。女性という存在それ自体が、決して解くことができない「謎」だったからだ。〈先生〉がどうしてあんなにKに敵意を持つのか。それはお嬢さん＝静が信じられないからなのだ。信じられないのはKではなく、お嬢さん＝静であり、その根底には「女の謎」という名の女性不信があった。〈先生〉の「心」は、その「女の謎」の周りをぐるぐる回り続ける。〈先生〉の「心」には「終わり」がない。それが、〈先生〉の「私だけの経験」だった。

漱石は、小説に「心」という名のフロンティアを開拓したのである。しかも〈先生〉は、「思想」は「経験」から生まれるものだと言う。ここに「人は誰でも一生に一篇は小説を書くことができる」という小説観の起源がある。すなわち、『こころ』によって近代文学は「個人の経験と内面」という無限のフロンティアを手にしたのだ。だから、個人主義が重視され、先の小説観が生きている限り、『こころ』は近代文学の頂点に君臨し続けるのである。

II 男同士の争い――『こころ』②

三角関係を書く作家

漱石は三角関係を書き続けた作家である。ざっとおさらいしておくと、以下のようになるだろうか。

『虞美人草』では宗近一と小野さんの間で藤尾をめぐって対決が行われるが、藤尾の自死によって勝者はいない。前期三部作に進むと、『三四郎』では里見美禰子をめぐって小川三四郎と野々宮宗八がそれとなく意識し合うが、美禰子が兄の友人の法学士を結婚相手に選ぶことで、これはどちらも敗者と言えそうだ。『それから』では長井代助が友人の平岡常次郎に菅沼三千代を「斡旋」したものの、平岡から三千代を取り上げる。三千代の体調の悪化で結末はわからない。『門』では野中宗助が友人の同棲相手（前後の事情から結婚はしていないはずだが、「内縁の妻」と呼んでいいかどうか）だったお米を奪うが、罪の意識に苛まれ続ける。

後期三部作に進むと、『彼岸過迄』でははっきりした三角関係は書かれないが、須永市蔵が幼なじみの田口千代子が避暑地に招いた高木という男性に嫉妬する場面がある。『行人』では大学教授の長野一郎が、妻のお直が弟の二郎に「惚れてる」のではないかと疑いを抱く。『こころ』では〈先生〉

とK。

晩年に進むと、漱石文学唯一の自伝的小説と言われる『道草』にははっきりした三角関係は書かれてはおらず、『明暗』では津田由雄が清子をめぐって新婚の妻お延と神経戦を繰り広げるので、これまでの一人の女と二人の男という構図ではなく、一人の男と二人の女という、漱石文学では新しい展開が期待できたが、残念ながら未完に終わった。

こうした三角関係の構図の中で激しい、あるいは微妙な神経戦が行われるのである。そこに漱石文学の登場人物に特有の心の動きがあった。こうした主人公に粘着した（？）心の書き方は同時代的には不評で、漱石文学を批判し続けた（亡くなってから批判したのではないから立派なものである）田山花袋などは、『それから』など〈自分なら描写式を用いるから半分の長さで書ける〉と豪語（！）している。しかし、人工知能に思考を奪われ、やがて心も奪われるかもしれないこの時代に『こころ』を教室で学ぶのなら、この心の動きに驚いておかなければならないのではないだろうか。

〈先生〉はKと戦争している

国語教科書に収録されている『こころ』は、「先生と遺書」（「先生の遺書」ではないので念のため）の章の、〈先生〉とKの下宿先で行われたお正月のカルタ取りの場面からはじまるのが長い方だろう。交際範囲の狭い当時の中流から上流の階層にとって、カルタ取りは数少ない公の男女交際の機会だった。少し古いが明治三〇年代の尾崎紅葉『金色夜叉』の冒頭の場面を思い出してほしい。『金色夜叉』はカルタ取りから始まる物語なのである。

収録箇所の最後は、ほぼすべてKが自死したところになっているはずである。この範囲での山場は、上野での〈先生〉とKとの対決（？）の場面だろう。

Kにお嬢さん＝静への恋を打ち明けられた〈先生〉は、なんとしてもそれを食い止めなければならなかった。Kが直接告白してしまうのではないかと焦っていた〈先生〉には、もうこの日しかなかった。そこで、かつてKが口にした「精神的に向上心のないものは馬鹿だ」という言葉を二回Kに投げつける。二回目は「馬鹿だ」の前に一拍おいて、「精神的に向上心のないものは、馬鹿だ」と言って、いっそう「馬鹿だ」を強調したようだ。それを受けて、Kは「馬鹿だ」と二回繰り返す。Kはかつて自分が「馬鹿だ」と思っていた、そういう人間にいま自分がなっていると感じたからだ。

問題は、こうした場面を記述する〈先生〉の語彙と表現の偏りにある。

> 私は丁度他流試合でもする人のようにKを注意して見ていたのです。私は、私の眼、私の心、私の身体、すべて私という名の付くものを五分の隙間もないように用意して、Kに向ったのです。罪のないKは穴だらけというより寧ろ明け放しと評するのが適当な位に無用心でした。私は彼自身の手から、彼の保管している要塞の地図を受取って、彼の眼の前でゆっくりそれを眺める事が出来たも同じでした。（下四十二）

〈先生〉自身が「他流試合」と書いているように、「要塞」とか「地図」といった語彙によって、これが〈先生〉にとってはKとの「戦争」だったことを如実に示している。耐えきれなくなったKが

「もうその話は止めよう」、「止めてくれ」と懇願するように言ったとき、〈先生〉は「狼が隙を見て羊の咽喉笛へ食い付くように」こう言ったのだった。「止めてくれって、僕が云い出した事じゃない、もともと君の方から持ち出した話じゃないか」と。「狼が隙を見て羊の咽喉笛へ食い付くように」という表現の残酷さには注目しておく必要がある。

こうした〈先生〉の心の動き方を読んで、いったい何を学べばいいのだろうか。

一つは、前に説明したように、〈先生〉が信じられないのは、実はお嬢さん＝静の心なのだということだろう。『こころ』の全体を、少なくとも〈先生〉の遺書の全体を知っている生徒なら、毎月受け取る利子の半分で十分生活ができるほどの財産を持っている〈先生〉は、日清戦争で夫を亡くして素人下宿をはじめなければならなかった「未亡人」の母娘にとって、学歴（将来性）も含めて最高の条件を備えていたということを指摘するだろう。経済的に見て、Kは〈先生〉のライバルにはなり得なかった。

このことは、教科書収録範囲でも十分にわかる。

〈先生〉は奥さん＝静の母に静との結婚を申し込んだ。静に直接申し込まずその母親に申し出たことは、この時代のこの階層の人間にとっては自然なことというより、それがしきたりだった。それを奥さんは、すぐ承知して、自分が静が不承知のところへ行かせるわけがないと、静の気持ちまで保証する。つまり、二人の気持ちはもう固まっていたのだ。あとは、〈先生〉が言い出すのを待てばよかった。「恋」という一字に不慣れな〈先生〉は、こうした状況が見えなかったのである。

そして、〈先生〉はKと争った。〈先生〉とKとの争いは「戦争」だったということの意味を考えなければならない。

ホモソーシャルな二人

漱石文学はホモソーシャルな文学である。この「ホモソーシャル」という概念は、英文学者のセジウィックが提案し（『男同士の絆――イギリス文学とホモソーシャルな欲望』上原早苗・亀澤美由紀訳、名古屋大学出版会、二〇〇一年二月）、いまではほぼ一般化しているが、漱石文学に即して説明しておこう。

ホモセクシャルとホモソーシャルは違う。ホモセクシャルは男性同士が肉体的な関係を持つことを言う。ホモソーシャルはホモセクシャルと完全に無縁ではないが、それとは違った概念で、「ソーシャル」だから「社会構造」のレベルの問題なのである。簡単に言ってしまえば、男性中心社会のことである。現在のわれわれの父権制資本主義社会の性質はホモソーシャルと呼んでいい。ホモソーシャルな社会では男たちが社会を支配しているが、この男たちはあるやり方で男同士の絆を強めていく。それは「女のやりとり」である。これがホモソーシャルな社会を支えている。

漱石文学から分かりやすい例をあげると、すでに指摘があるように（小森陽一「漱石の女たち――妹たちの系譜」『漱石論　21世紀を生き抜くために』岩波書店、二〇一〇年五月）、『それから』は典型的なホモソーシャル小説と言える。三千代は、代助の友人平岡との共通の知り合いで、おそらく代助と三千代は憎からず思い合っているような雰囲気がある。しかし、それはお互い口にしない。そこへ、平岡が三千代を好きだと代助に告白する。そこで、代助は三千代と平岡が結婚できるように取り計らって、三千代と平岡が結婚する。

実はこれが物語の発端になっていくので、いったん平岡に「斡旋」した三千代を代助が取り戻す物語が『それから』の実質なのである。これをまとめれば、代助と平岡という男同士の友達がいて、その男同士がお互いの絆、つまり友情を確認するために代助が三千代を平岡に譲る。ほとんど自分の手に入っていた女性を相手に「斡旋」することで、代助と平岡の友情は強固になるわけだ。ただし、そうして築いたホモソーシャルな友情を崩すところに、『それから』の新しさがある。

『こころ』はこのバリエーションである。〈先生〉がいて、Kがいて、お嬢さん＝静がいて、三角関係のようになる。発端は、〈先生〉がKの気持ちをほぐすためにと、お嬢さんとKをわざと近づけたところにある。実は、〈先生〉は結婚相手としてお嬢さんをもうほとんど手に入れているも同然の状態だった。残酷なことに、そのお嬢さんを「みせびらかす」かのようにKに近づけることで、〈先生〉はKとの友情を再確認する形を取るわけだ。ところが、Kが先にお嬢さんへの恋を告白すると、慌ててお嬢さんを取り戻す。『それから』と同じ構図だ。

こういうホモソーシャルの構図の中では、女性は男同士の絆を強めるためにやりとりされる存在になる。したがって、ホモソーシャルな社会では女性蔑視の思想がベースとしてある。女性を他者として尊敬していたらこのようには扱えないからだ。根底に女性蔑視の思想があるから、男同士で女性のやりとりができる。それがホモソーシャルな社会である。

ホモソーシャルな社会を個人レベルで見ると、もう一つの特徴が見えてくる。『それから』では、第一段階では女性を相手に渡す。ところが、第二段階では女性を奪い返していた。男は、女性のやりとりを介して力比べをしているのである。『こころ』の〈先生〉も力比べでKに勝った。あるいは、

Kに勝つことがわかっていて、あらかじめお嬢さんをKに近づけた。そのことでKは自死した。

なぜ〈先生〉がそんなことをしたかというと、自分より上のポジションにいた（と〈先生〉には思えた）Kを引きずり下ろすためだ。これは象徴的なK殺しだと言える。力比べに勝つことは、最終的に相手を「殺す」ことなのである。これもホモソーシャルな社会の一面である。これを父親殺しのバリエーションだと考えれば、父権性資本主義社会における、ごくありきたりの成長物語になるはずだった。〈先生〉の心は、この成長物語をなぞっていたことになる。これを自由と呼べるだろうか。

〈先生〉の心の動きが自然であるかどうかは問題ではない。〈先生〉にとって自分の心の動きが自然に見えた方が、ホモソーシャルという思想にとっては都合がいい。人びとが、自分の心が何かの思想に動かされていると思わなくてすむからだ。近代は個人の思想の主体性を大事にしてきたが、それは個人の心がその個人にとってまったく自由で自然な働き方をすることを意味しない。

ミシェル・フーコーは、主体化とは自由を得ることではなく、社会の規範を内面化することだと説いた。心の自由を追究してきた西洋哲学への挑戦だった。大学生を教えていてつくづく思うのは、ミシェル・フーコー以前と以後（学習以前と学習以後）とでは、議論の質がまったく違ってくることだ。ミシェル・フーコーを持ち出さなくても、人の心は決してその人の自由に働くものではないことは、『こころ』から学んでよいのではないだろうか。

III 『こころ』の襖――『こころ』③

襖は三回開けられる

収録範囲が、お正月の歌留多取りの場面からKが自死したのを〈先生〉が「発見」したところまでだとすると、教科書の『こころ』ではKと〈先生〉の部屋の間にある襖は三回開けられる。この範囲において襖は実に雄弁なのだが、いまはその三回を引用しておこう。傍線は私が施した。

①十時頃になって、Kは不意に仕切の襖を開けて私と顔を見合せました。彼は敷居の上に立ったまま、私に何を考えていると聞きました。（下三十五）

②私は程なく穏やかな眠りに落ちました。然し突然私の名を呼ぶ声で眼を覚ましました。見ると、間の襖が二尺ばかり開いて、其所にKの黒い影が立っています。そうして彼の室には宵の通りまだ燈火が点いているのです。急に世界の変った私は、少しの間口を利く事も出来ずに、ぼうっとして、その光景を眺めていました。

その時Kはもう寝たのかと聞きました。Kは何時でも遅くまで起きている男でした。私は黒い影法師のようなKに向って、何か用かと聞き返しました。Kは大した用でもない、ただもう寐たか、まだ起きているかと思って、便所へ行った序に聞いて見ただけだと答えました。（下四十三）

③私は枕元から吹き込む寒い風で不図眼を覚したのです。見ると、何時も立て切ってあるKと私の室との仕切の襖が、この間の晩と同じ位開いています。けれどもこの間のように、Kの黒い姿は其所には立っていません。（下四十八）

①は歌留多取りから数日後、Kがお嬢さん（静）への恋を打ち明ける場面に続く。②は「上野から帰った晩」のことである。③はKが自死した晩である。

①から②の間に、Kから静への恋を打ち明けられた〈先生〉が動揺し、自分も静への恋を打ち明けようかどうしようかと迷う場面がある。そこに「私はKが再び仕切の襖を開けて向うから突進してくれれば好いと思いました」という文章がある。「仕切の襖」は文字通り〈先生〉とKとの心の「仕切」となっている。〈先生〉にはその「仕切の襖」を自分から開ける勇気がない。こういう何事にも受け身で、何かを考え続ける人物は漱石文学に特徴的な主人公である。

②は上野から帰った晩のことだった。これは前節「男同士の争い」で、〈先生〉はまるでKと戦争をしているようだと、その記述に使われている用語の特徴から論じた。そして、その戦争で〈先生〉はKに致命傷と言ってもいいような決定的な打撃を与えた。Kのよく用いる「覚悟」という言葉を使って、Kこそが「覚悟」のない人間だと非難したのだった。

その晩に、Kはまた「仕切の襖」を開けた。このときKは〈先生〉を求めていたのかもしれない。そう読んでもいい。しかし注目すべきは、「ただもう寐たか、まだ起きているかと思って」と、Kが確認していることだ。

③はついに〈先生〉が静を下さいと静の母（奥さん）に申し込み、その場で承諾を得たが、〈先生〉はそれをKに告白しようか迷っているうちに、奥さんがKに話したことを〈先生〉が知ったあとのことである。この間のことは「〈先生〉はKを裏切って」とか、「〈先生〉はKを出し抜いて」とまとめられることが多い。このまとめ方に、「恋か友情か」というやや古い時代の『こころ』の教え方が見え隠れしている。

Kは〈先生〉に静への恋を告白したが、それ以上でもそれ以下でもない。〈先生〉は『それから』の長井代助のように、Kと静との間を取り持つ義務があるわけでもないし、その権利もない。Kに告白されただけでしかないし、〈先生〉も自分に義務があるとも権利があるとも思ってはいない。ただ、ショックを受けているだけだ。これを無視して、「〈先生〉はKを裏切って」とか「〈先生〉はKを出し抜いて」とまとめたとき、そこには「恋より友情を優先すべきである」という欺瞞的な友情観がある。

この時代の中流階層以上の家において、結婚の申し込みを本人ではなく奥さんにしたことは当たり前の、あるいは正式の手続きである。しかし現代の目から見れば、「〈先生〉はなぜ直接静に申し込まなかったのか」という疑問がでるだろう。この疑問の根底には、女性の意向を無視しているとか、女性の意向を確認もせずにという、女性軽視への批判がある。そのような男女観を持つならば、そもそも静の気持ちを直接確認してもいない〈先生〉がKのためにいったい何ができたのかと問うべきなのだ。何もできるはずはないだろう。

したがって、もし「〈先生〉はKを裏切って」とか「〈先生〉はKを出し抜いて」とまとめたならば、そこには「〈先生〉はなぜ直接静に申し込まなかったのか」という疑問に含まれているような、女性の気持ちも確認しないで親や男性が勝手に決める女性軽視がある。それはホモソーシャルを裏側から補強する読み方ではないだろうか。「裏切る」、「出し抜く」のは、〈先生〉とKとの男同士だけに使える言葉だからである。そのように読んだことがある研究も教育もホモソーシャルの圏内にあったことが、いまならわかる。研究も教育も、「心」のように時代の制約から自由ではいられない。もちろん、「いま」の読み方も一〇年後には批判されるかもしれない——。

改めて確認しておけば、「〈先生〉はなぜ直接静に申し込まなかったのか」という疑問を抱いたならば、「〈先生〉はKを裏切って」とか「〈先生〉はKを出し抜いて」というまとめ方は批判されるべきなのである。もし仮に読書感想文でこれが両立しているとしたら、そこには思想的混乱がある。

Kは〈先生〉に「裏切られて自死した」のではない

「〈先生〉はKを裏切って」とか「〈先生〉はKを出し抜いて」というまとめは、物語上の重大な問題をも含んでいる。それは、このまとめは〈先生〉がKに告げずに静との結婚を決めたことを、Kの自死の原因としているからだ。そうだろうか。ことは文学的想像力にかかわる。つまり、どれだけ事実関係を整理しても答えは出ないので、解釈が答えを出すということだ。もちろん、それは「正しい」答えというわけではない。多くの人を説得できる答えかどうかということである。文学教育とはあくまで文学的想像力と説得の技術とをどう組み合わせるかという教育なのである。

③をいまいちど確認しよう。ポイントは言うまでもなく、なぜ「この間の晩と同じ位」とわざわざ書かれているのかというところにある。このときKはすでに自死していた。だとすれば、Kは「この間の晩」に自死しようとしたのではなかったか。だからこそ、「この間の晩」にKは〈先生〉が「ただもう寐たか、まだ起きているか」を確認したのだ。もしこの晩に〈先生〉が深く寝入っていたなら、Kは自死していたにちがいない。それは③の〈先生〉が静との結婚を決める前なのだから、Kの自死の原因は「〈先生〉はKを裏切って」とか「〈先生〉はKを出し抜いて」ではないことになる。

それは上野から帰った晩だった。上野の闘いで、Kは〈先生〉に負けたのである。まるで、明治維新期に上野の山で彰義隊が官軍に敗れたように。『坊っちゃん』を佐幕派への鎮魂歌とする論があるが（平岡敏夫『「坊っちゃん」の世界』塙新書、一九九二年一月）、漱石文学には佐幕派への思いが底流にある。〈先生〉が遺書で突然のように使う「明治の精神」という言葉は、この晩のKへの鎮魂の言葉かもしれない。

Kは恋をした自分について、〈先生〉に「どう思う」と上野で聞いた。「現在の自分について、私の批判を求めたい」様子だった。そのあと、〈先生〉に「精神的に向上心のないものは馬鹿だ」と、いつもはK自身が使う言葉で攻め立てられたKは、自分が他人にどう見られているかを悟ったにちがいない。〈先生〉の言葉は、〈普段とちがう馬鹿者に見える〉と言っているようなものだからである。つまり、上野の闘いとは、Kの自意識をめぐる闘いだったのである。その闘いで、自意識に決定的なほころびができていることを、Kは悟らされた。

しかし、〈先生〉はKが口にした「覚悟ならない事もない」という言葉を、静に恋を告白する「覚悟」だと「思い込んでしまった」(下四十四)。それはまちがっていたというニュアンスがある。

もともとKは徹底したナルシシストだったと言っていい。〈先生〉の静への気持ちに気づかないで恋を告白したKをエゴイストだと言う研究者もいたが、エゴイストとは自分のために他人を利用する者のことであって、Kにはそういう面は見られない。Kは他人に鈍感かと問われれば、自分の下宿代を〈先生〉が支払っていることにさえ気づかないのか、それを気にしないようなKにはそういう面があったと答えていいが、だからといって〈先生〉を利用しているようには見えない。

人の自意識は、自分自身への意識と他人が自分をどう見ているかという意識（ふつう後者を気にしすぎることを「自意識過剰」と呼ぶ）との二面を持っているが、ナルシシストは後者が極端に低い。自意識が他者に開かれておらず、自己完結しているのである。そのKの自意識にほころびが生じて、「他人が自分をどう見ているか」が気になり出したのだ。これがKの敗北だった。それを〈先生〉との闘いで思い知らされたKは、「覚悟」という言葉を自死する「覚悟」として使った。だから、上野の山の闘いから帰った晩、〈先生〉が寝入っていれば、Kは自死するはずだった。

これが「襖」が語るKが自死した理由である。「襖」は「心」の扉だった。だからこそ、Kはその家で自死することが迷惑だと知りながら、襖を開けて自死した。それはKの〈先生〉へのただ一度きりの切ないメッセージだった。

IV 語りは文学か――『夢十夜』「第一夜」

なぜ夢らしく見えるのか

『夢十夜』は漱石文学の珠玉の掌編である。読者はあっという間に不思議な夢の世界に引き込まれる。その秘密を解き明かすのも読書の楽しみの一つである。

『夢十夜』を教室で読むときに避けて通れないのも、「なぜ夢らしく読めるのか」という問題だろう。「第一夜」も例外ではない。そこから考えてみたい。

いまでは文学研究上の常識になっているかもしれないが、ジェラール・ジュネットは、語り手は登場人物との情報量の差によって三パターンあるとしている（『物語のディスクール――方法論の試み』花輪光・和泉涼一訳、書肆風の薔薇、のちに水声社、一九八五年九月）。①語り手＞登場人物（いわゆる全知とか神の視点と言われる語り手である）、②語り手＝登場人物（一人称小説である）、③語り手＜登場人物（あれ？と思うかもしれないが、たとえば推理小説の語り手は、誰が犯人かを知らないふりをして語っている）である。

『夢十夜』の語り手は一人称の「自分」だが、「自分」には知り得ないことが書いてある。つまり、「自分」が語り手である以上②であるべきなのに、①でなければ得られない情報が書き込まれているということだ。それが、夢らしく読める最大の秘訣である（藤森清『語りの近代』有精堂出版、一九九六年四月）。「第一夜」に関しては、星のかけらを拾ったなどもいかにも夢らしいが、「自分」が百年経った（かどうかが問題なのだが、それはあとで）と気づいたところで「自分」の一生や認識を超えていて、夢らしいと感じられるだろう。

もう少し微妙なポイントもある。それは、はっきりした異化表現がいくつかあることだ。異化表現は比喩と見分けにくいので説明しておこう。比喩は「彼女の頬はリンゴのように赤い」（直喩）のように「彼女の頬」と「リンゴ」は似ている（類似）関係にある。一方、異化表現とはそのものをはじめて見たもののように過度に描写するレトリックで、つまりは言い換えなのでイコール関係にある。

「第一夜」でははっきりした異化表現が二つある。一つは、「長い睫（まつげ）に包まれた中は、只一面に真黒であった」で、すぐあとの「黒眼」の異化表現（過度な描写）である。すなわち「長い睫（まつげ）に包まれた中は、只一面に真黒であった」＝「黒眼」である。もう一つは、「静かな水が動いて写る影を乱した様に、流れ出した」＝「涙」である。これに「赤い日」を数えることが「一日」の異化表現と捉えることもできる。語り手にはそれぞれ「黒眼」、「涙」、「一日」とわかっているし、前後の文脈から読者にもわかるはずだが、「自分」はそれがすぐにはわからないようだ。つまり、②なのに①的なテイストがあるわけだ。これらも「第一夜」を夢らしく見せている。

「わからない」が開く世界

「第一夜」の異化表現はどのようなことを教えてくれるだろうか。二つあげておきたい。

第一は、いま「自分」は理解できない、わからない世界にいるということである。それが「第一夜」を夢らしく見せていることはいま確認した。

「自分」にとっての最大の謎は、冒頭にある。「女」は血色もよく「到底死にそうには見えない」のに、「もう死にます」と言う。「自分」はいったんは「確にこれは死ぬな」と思ったものの、「女」の瞳を見て不自然に思ったのだろう、「これでも死ぬのかと思った」。そして短い会話を交わした後も、やはり「どうしても死ぬのかなと思った」と疑問に思っている。先に確認したように、はっきりした異化表現が二つとも「女」の「眼」を表現しており、「自分」にとってその「女」の「眼」が生き生きしているように見えることが、「もう死にます」という言葉と一致していないのである。「自分」の疑問を異化表現が支えているわけだ。

第二は、「女」の「眼」がそれ自体で特別な意味を持つことだ。「じゃ、私の顔が見えるかい」という「自分」の問いかけに、「女」は「見えるかいって、そら、そこに、写ってるじゃありませんか」と答える。いま傍点を施した「そこに」がおかしいのだ。「自分」が「私の顔が見えるかい」と問いかけ、「女」がそれに答えた以上は、「ここに」(女の眼)でなければならないはずだからである(三上公子「「第一夜」考——漱石「夢十夜」論への序」『国文目白』第15号、一九七六年三月)。「そこに」では「自分」の方の眼を指してしまう。

どうやら、もう「自分」と「女」は二人で一人になってしまっているようだ。そして、異化表現が「涙」を「水」と表現しているからには、「女」の「眼」は水鏡でもあるようだ。そう、「鏡の国のアリス」だ。ファンタジーにおける鏡は、この世界(この世)とあの世界(あの世=他界)との境界の役割を果たす。「自分」が鏡の向こうの世界に行くのは、ファンタジーの定めというものだ。「女」は死んで他界に行ったが、二人で一人となった「自分」は、もう「女」の言う通りのことしかできない。真珠貝を使って、みごとなファンタジーテイストで墓を作り、「女」を埋葬した。そして待つ。ただ待つ。ひたすら待つ。

そのうちに、女の云った通り日が東から出た。大きな赤い日であった。それが又女の云った通り、やがて西へ落ちた。赤いまんまでのっと落ちて行った。一つと自分は勘定した。しばらくすると又唐紅(からくれない)の天道(てんとう)がのそりと上(のぼ)って来た。そうして黙って沈んでしまった。二つと又勘定した。

何も「女」に言われなくとも、太陽は東から昇って西に沈むものだ。しかし、「自分」はそれは「女」がそう言ったからそうなっているように思っているらしい。「自分」は「女」の支配する時間を生きはじめているのだ。

ところが、いくら赤い日を勘定しても、「それでも百年がまだ来ない」。だから、「自分は女に欺(だま)されたのではなかろうかと思い出した」。この「女」への疑念は限りなく重要である。なぜなら、「自分」が「女」の支配する時間を生きて、すんなり他界に行ったとしたら、それは劇的でも何でもないからである。障害は大きければ大きいほど、それを超えた喜びも大きい。「自分」の「女」への疑念が百年分ふくらんで、「女」がまったき他者となったればこそ、すでに他界にいるだろう「女」との再会（？）が劇的なものになり、「自分」に無上のエロスをもたらすのである。

再会したのかしないのか

「自分」は「女」と再会したのかしないのか。答えが一つに決まったら、「第一夜」の魅力は半減する。いや、そもそも文学の魅力は半減する。

もっとも、答えは簡単に出るという人もいる。最後に「自分」は「百合」を見るが、「百合」という言葉は「百」と「合う」の組み合わせだから、「百年後に合った」というわけだ。こうして解決する人は決して少なくない。文学はどういうレベルで読んでも構わない言葉の芸術だから、このように文字のレベルで読んでもいい。ただし、この解釈は生産的ではない。仮に教室でこの解釈が示されてもそれ以上議論にはならないだろう。納得するかしないかだけだからである。「なるほど」と受けて、先に進むしかない。

再会したとする解釈と再会していないとする解釈を一つずつあげておこう。

再会したとする解釈の決め手になるのは、「百年はもう来ていたんだな」と、「自分」が気づいたことにあるのは言うまでもない。「女」は「「百年待っていて下さい」と思い切った声で云った」。「百年、私の墓の傍に坐って待っていて下さい。きっと逢いに来ますから」と約束したのだった。そうである以上、「女」は「百合」に姿を変えて「自分」に逢いに来たと考えるしかない。「自分」が「百合」を「女」だと信じない限り、「百年はもう来ていたんだな」とは思えないはずだからである。論理的にはこうなる。

もしかしたら、「暁の星」を見上げて「百年はもう来ていたんだな」と「気が付いた」その時、「自分」は目の前の「百合」が「女」だと思ったのかもしれない。そこには、「自分」の解釈が入っていたはずだ。その解釈は読者のものではなかっただろうか。「百年はもう来ていたんだな」と「自分」が「気が付いた」と読んだとき、読者も「百合」は「女」だと解釈して、それを「事実」だと思い込んだという意味である。これが再会説の実態ではないだろうか。

それではこの解釈を引きはがすことはできるだろうか。それが再会しない説につながる。最後の段落を読んでいくと気づかされることがある。「すらり」、「首を傾け」、「ふっくらと」、「ふらふらと」、など、「百合」の記述が擬人法かそれに近い表現になっていることである。解釈以前に、「百合」は「女」と読めるように仕組まれていたのだ。それは語りの力だと言っていい。だから、この語りの力を取り払えば、「百合が逢いに来た。女は来ない」ということになる（松元季久代『夢十夜』第一夜―字義的意味の蘇生―」『日本文学』一九八七年八月）。これは語りの力を取り払って、意味内容だけを読んで導き出された結論である。その限りにおいてまちがってはいない。

そこで最後の文学的な問いがやってくる。語りの力を取り払って意味内容だけを読むことがはたして文学か、と。語りの力に無自覚なのは知的ではないかもしれない。しかし、文学の愉楽は語りの力に身を任せることにあるのではないだろうか。「第一夜」は語りの力と意味との間で揺れ動く。「第一夜」の授業は、再会したか否かを決めることにあるのではなく、なぜそのように読めるのかを知ることにある。その意味で、もっとも文学的な教材なのである。

V 「芸術」が生まれるとき――『夢十夜』「第六夜」

漱石のアイデンティティ

『夢十夜』が実際に漱石が見た夢を書いたものか、純然たる創作かどうかにかかわらず、この連作にはほかならぬ漱石のアイデンティティのあり方がよく現れている。それは、『夢十夜』の時間と空間に関する構造に現れている。

よく知られているように、アイデンティティは二つの性質によって成り立っている。一つは、自分自身によって自分が自分であると確信できていること。これは、かつてもいまも自分は自分であり続けているという時間的な性質によって支えられている。少し前の言葉を使うなら、実存的自己と言っていい。もう一つは、他人によって自分が自分であると認識されていると確信できていること。これは、Aさんに対する自分もBさんに対する自分も、あるいは、ここにいる自分もあそこにいる自分もやはり自分であるという空間的な性質によって支えられている。社会的自己と言っていい。

『夢十夜』の連作は、時間的な永遠は手に入るが空間的な永遠は手に入らないという実にシンプルな構造を持っている。

解釈による揺れを度外視して簡単に挙げておくなら、時間的な永遠は、「第一夜」の百年、「第三夜」の百年、「第八夜」の「高々百枚位」の紙幣、「第九夜」の「御百度」、「第十夜」の「無尽蔵」にやってくる豚が表象している。空間的な永遠は、「第二夜」の「無」、「第四夜」の「臍の奥」、「第五夜」の「自分」と「女」との距離、「第六夜」の「自分」の家と「護国寺の山門」までの距離、「第七夜」の船の「甲板」から海面までの距離が表象している。これは、漱石がこの構造に意識的であったか否かにかかわらず、漱石の自己確信と他者不信の現れのように思える。そして、これは漱石文学の基本構造でもある。漱石の主人公たちは、ほんとうは自己に怯えているのに他者に怯えていると思い込んでいる、というように。

運慶・護国寺・仁王

「第六夜」はこういう話だった。護国寺の山門で運慶が黙々と仁王を彫っている。鎌倉時代のようでもあるが、見物人を見ると明治の現代のようでもある。見物人が運慶は木の中から仁王を掘り出すのだと言う。家に帰ってさっそくやったが、自分にはできなかった。明治の木には仁王は埋まっていなかったのだ。

少し注釈的なことを書いておこう。

運慶は、鎌倉時代の仏師であり、空海を開祖とする大乗仏教の真言宗の僧侶でもあり、『法華経』を写経もしている。『法華経』は平等な救いを説く。源頼朝が挙兵した一一八〇年に、平重衡の襲撃によって奈良の寺が大きな被害を受けた（南都焼打ち）。運慶は東大寺や興福寺の復興に携わり、一二〇三年には、いまに伝わる有名な東大寺南大門の金剛力士像（仁王）を中心となって造像した。興福寺の仁王像は運慶に近い定慶か運慶の子息の造像である可能性が高いと言う。絵画とはちがって、運慶の時代の宗教彫刻には、その質感から「永続性（永遠性）」や「霊験性」が期待されたと言う。また、運慶は鎌倉幕府と朝廷双方の中枢と関わりを持った唯一の仏師だった（金子啓明『運慶のまなざし――宗教彫刻のかたちと霊性』岩波書店、二〇一七年一一月）。言うまでもなく、護国寺は真言宗派だが、江戸時代に作られた比較的新しい寺である。

見物人は品がないようだ。運慶の彫っている仁王は日本で一番強いと評判する男は、こうだ。「この男は尻を端折って、帽子を被らずにいた。余程無教育な男と見える」と。戦後のある時期まで、成人男性は外出時には帽子を被るのが習慣だった。『道草』の冒頭に現れる主人公健三の養父島田は、帽子を被らないだけで不気味な感じを与えている。健三だけでなく読者もそれを感じるから、以後の島田のイメージが決まるのである。「第六夜」に戻れば、これより少し前の「人間を拵えるよりも余っ程骨が折れるだろう」という言葉には、性的なニュアンスがある。見物人は、運慶とは対照的な男たちなのである。

『夢十夜』の基本構造に従えば、仁王には「永遠性」があるのに、明治の木に仁王が埋まっていないのは、護国寺と「自分」の家までの距離（空間）が障害となっているからだと考えることができる。「自分」が明治の見物人とうまくコミュニケーションが取れていない理由も、他者不信の一つの形だろう。見物人をやや差別的な眼差しで見る「自分」が、『法華経』を写経した運慶と同じことができないのも当然なのだ。

しかし、教室での「第六夜」は近代批判の枠組みで読まれることが多いのではないだろうか。ごく平たく言ってしまえば、近代となった明治の世には、運慶の彫っている仁王のような立派なものはもうないのだと。「自分」が仁王を彫りだせなかったことだけでなく、やや品のない明治の見物人たちの存在もその印象を強めているはずだ。教室での問いは、「では、どうして明治の現代には仁王が埋まっていないのか」となるだろうか。「第六夜」にその答えはない。ないから国語教材になるのだが、「第六夜」はこの問いを誘うような一種のオープンエンディングになっている。生徒たちはどのくらいの自由度でこの問いに答えるのだろうか。

たしかに、漱石は「近代」が嫌いだった。近代という時代も近代というシステムも嫌いだった。漱石には、近代は個性を生み出すようなシステムと個性を抑圧するようなシステムが、なぜか矛盾なく併存しているように見えたらしい。個別化と均質化が同居しているわけだ。漱石の用語系では、前者は自意識で後者は道義であるはずだが、初期の漱石は、『虞美人草』の藤尾のように自意識を女性に与えて嫌い、道義を男たちに与えて称揚した。後期の漱石は、自意識も道義も男性知識人に与えて、その悩みを書いた。つまり、近代の矛盾を暴いたのである。

ここで言いたいのは、学校空間がそうなってはいないかということなのである。生徒に「個性的であれ」と言いながら、その一方で「〜らしく」あれと言って古い道徳に押し込めてはいないだろうか。これが漱石的文脈から読んだ「第六夜」が批判する近代である。学校空間の説明であれば、よくわかるのではないだろうか。

では、運慶的文脈ではどういう答えになるだろうか。運慶の時代の宗教彫刻には「永続性（永遠性）」や「霊験性」が期待されたというのであれば、明治の現代で失われたのはこの二つのものということになる。これこそが、時間的な永遠は手に入るが空間的な永遠は手に入らないという『夢十夜』の文法通りの答えになる。これは「第六夜」に書いてあるのだろうか、それとも書いてないのだろうか。難しい問題だが、それが文学の面白さでもある。しかも文学にかぎらず、わかる人にしかわからないことはいくらでもあるのだから、これは個人というもののあり方の問題だと言える。

「第六夜」は、「第六夜」が誘発する問いに答えようとして、個人が試される実に高級な作品だと言えるだろう。

「わからない」という感覚

しかし、「第六夜」が誘発する問いの答えは結局わからないのではないだろうか。それは、「とりつく島のない運慶がわからない」という感覚を含んではいないだろうか。そう感じたとき、私たち読者は「第六夜」の「陰謀」にはまったのだ。

フランスの思想家、ジャン・ボードリヤールに『芸術の陰謀――消費社会と現代アート』(塚原史訳、NTT出版、二〇一一年一〇月)という刺激的な本がある。現代アートは自らが「無価値・無内容」だと主張し続けるのだと言う。たしかに、ボコボコにされたブリキ缶にペンキをでたらめに吹きかけた「作品」を見せられれば、これは「無価値・無内容」だと思う。しかし、そのとき私たちは現代アートの「陰謀」の手に落ちたのだと、ボードリヤールは言うのだ。

それは、こういうことだ。その「陰謀」とは、「現代アートをまったく理解できない人びと、あるいはそこには理解すべきことなど何も存在しないことが理解できなかった人びと」に〈私には、もしかしたら現代アートがわからないのではないか〉という不安を呼び起こし、そのことによって現代アートには自分だけがわからない何か特別な価値や内容があると思い込ませることができる逆説的な仕掛けである。この仕掛けが成功すれば、現代アートは簡単には理解できない、まさに解釈されるべき価値と内容を持つ「芸術」になる。繰り返す。現代アートを「芸術」にするのは、私たちの「わからない」という感覚なのだ。これは現代アートに限らず、すべての芸術に言えることだろう。

「第六夜」が誘発する問いの答えがわからないと思ったとき、運慶の作っている仁王が、明治の現代では「わからない」ような、解釈されるべき価値と内容を持つ「芸術」となる。ところが、「第六夜」の読者には、「自分」が「運慶が今日まで生きている理由も略(ほぼ)解った」という、その「解った」内容がわからない。そう、そのとき「第六夜」こそが解釈されるべき価値と内容を持つ「芸術」となっているのである。「第六夜」とは「芸術」が誕生する仕掛けそれ自体を書いた小説だった。ここに「第六夜」を学ぶ意義がある。

VI 「開化」は文化である――『現代日本の開化』

「開化」から降りろとは言っていない

漱石は言う。「西洋の開化（すなわち一般の開化）は内発的であって、日本の現代の開化は外発的である」、「現代日本の開化は皮相上滑り（うわすべ）の開化である」と。「現代日本の開化」のさわり、もっとも有名な一節だろう。

現代日本の開化がなぜ外発的で上滑りなのかと言えばと、漱石は『文学論』で展開したお得意の意識の推移を比喩的に用いて説明する。意識はAからBへ、BからCへと順次推移していく。しかし、現代日本の開化は江戸時代の鎖国のために、Bが抜け落ちてAから突然Cに飛び移ったようなものである。それを取り戻すために、神経衰弱（当時のはやり病というか、はやり言葉だ）になるほど、生存競争において無理を強いられていると言うのだ。

そこで私たちは、「西洋への追随は止めて、日本古来の文化を大切にしよう」などとまるで国粋主義者になったかのようなことを思ってしまう。この後半はいいとして、前半は鎖国主義、いまはやりの言い方をするなら、自国第一主義でしかない。それは、漱石が言ったこういう一節を忘れてしまうからだ。「しかしそれが悪いからお止（よ）しなさいというのではない。事実やむをえない、涙を呑（の）んで上滑りに滑って行かなければならないというのです」と。漱石は「開化から降りよう」などという非現実的なことを言っているわけではないのだ。漱石は処方箋は思いつかないと言うが、いまなら「開化は開化で乗り越えるしかない」と言っていいと思う。

ここで、やはり教科書教材となっていた「私の個人主義」に触れておこう。

「私の個人主義」は、英文学研究とは何かがわからなくなった漱石が、「西洋人」に振り回されるのではなく、「自己本位」の立場を手にしたという物語（？）としてよく知られている。だから、高校の国語教科書にも収録されている。「主体的になりなさい」とか、「自分の頭で考えなさい」といった教訓として教えられてきたはずだ。少し前に話題になった茨木のり子の詩集『倚りかからず』（筑摩書房、一九九九年一〇月）のタイトルともなった詩「倚りかからず」もおそらくこういう「教訓」の延長線上で読まれたに違いない。

もはや　できあいの思想には倚りかかりたくない
もはや　できあいの宗教には倚りかかりたくない
もはや　できあいの学問には倚りかかりたくない
もはや　いかなる権威にも倚りかかりたくはない

この決然とした調子が、多くの現代人の心を捉えた。しかし、注意してほしい。このリフレインは、「倚りかからない」ではなく「倚りかかりたくない」なのだ。それが不可能だとわかっているから、「倚りかかりたくない」と詠んだのである。ここに、単純な保守主義とは違った、この詩人の知性がある。たとえば日本語で詩を書く以上、詩人は「日本語というできあいの思想」から逃れることはできない。言葉の芸術家である詩人は、それを知り抜いているからこそ「倚りかかりたくない」としか書けなかったのだ。

漱石の「自己本位」も同じだった。自分勝手な研究を始めたのではなく、「文芸とはまったく縁のない書物を読み始め」たのである。言うまでもなく、それらはイギリスで買ったもので、英語で書かれた「書物」だった。ただ、「文芸」に関する本ではなかっただけだ。イギリスにないものを探して、イギリスの学問に学んだのである。もし「自己本位」という言葉が使えるなら、この点に関してである。決して自分勝手でもなければ、自己中心的でもない。

やや大袈裟に言えば、それは時代の必然でもあった。漱石がイギリスに留学した時代は、まだ英文学科自体が世界の大学にほとんどなかった。なぜならイギリスの中産階級にとっては、漱石が学びたかったイギリスの現代文学はわざわざ大学で学ばなくても「わかる」からである。英文学を学ぶのは、イギリス（つまりはイングランド）を目標とすることを強いられた「遅れた地方や国」である。たとえば、スコットランドやインドだった。

一九〇四年にオックスフォード大学ではじめての英文学教授となったウォルター・A・ローリーは、一八八五年からインドで、一九〇〇年からスコットランドで英文学の教授を務めた。ケンブリッジ大学にいたっては、英文学科設置は一九一七年だった（磯山甚一『イギリス・英国・小説――『ロビンソン・クルーソー』、『ジェイン・エア』、『インドへの道』講義』文教大学出版事業部、二〇一〇年一一月）。漱石がイギリスに留学した一九〇〇年にはまだ英文学科さえなかった。東京帝国大学に英文学科が設置されたのは一八八七年、世界でもごく早い時期だったのである。それは富国強兵の一環だったが、英文学自体が学問として確立していなかったから、漱石には「自己本位」の道しかあり得なかったのだ。

こうした事情を知らないと、「現代日本の開化」をも読み誤ることになる。漱石は保守的なことは言っていない。たとえ「外発的」であっても、どれだけ辛くてもやらざるを得ないと言っているのである。それが、漱石の生きた時代の要請だった。いまおそらくすべての国や地域が、人類が自ら開発したテクノロジーによって「外発的」な「開化」を強いられている。人類が自己疎外を招いたと言うべきだろうか。だから、この事態は「内発的」というような立場で解決できるようなものではない。テクノロジーを制御するテクノロジーをテクノロジーそれ自身に組み込むことができるかどうかにかかっているはずだ。「内発的」という言葉を内向きに捉えたのでは、「現代日本の開化」の教訓は生きない。

「開化」の二つの形

漱石は開化（近代化と言っていいはずだ）には二種類あるという。

一つは「消極的のもの」で、時間やエネルギーを節約するための開化である。極論すれば、近代は情報をも含めた「できるだけ多くのものを、できるだけ早く、できるだけ遠くへ」を目標にしてきた。そのために何が節約できるかを形にするのがテクノロジーで、便利さを求める近代化の根本を支えている。その極点がナチスのガス室であり、原水爆である。できるだけ多くの人をできるだけ素早く殺す……。戦争が科学技術をもっとも発展させたのは、まぎれもない事実である。だから、古代から大帝国を形成して比較的平和だった中国は「遅れ」て、多くの諸侯の間で争いが絶えなかったヨーロッパが「進んだ」のだ。鎖国時代の日本も、「平和」だったから「遅れ」たのである。

もう一つは「積極的のもの」で、たとえば学問を含めた「道楽」のようなものだと言う。これは「道楽」だが、この二つの開化は複雑に絡み合っているとも言っている。それはそうで、「道楽」から来る科学的思索が近代科学を発展させ、哲学的思索が人を管理する理論を生み出すのだから。フーコーが見ぬいたように、「知は力」なのである。当代最高の教育を受けた漱石文学の主人公たちが「知」を浪費しているのは、それは「知」が「力」になるのを避けるためではなかったか。漱石はそれ以外に答えを出せなかったのではなかったか。

私たちは、どうすれば「開化」を飼い慣らせるのだろうか。

科学と文化

かつてコンニャクゼリーが開発されて、子供が喜んで食べた。ところが、これをのどに詰まらせて死亡する事故が起きた。コンニャクゼリーの事故は毎年二件あるかないでレアケースだったのだが、大きな問題となった。お餅の死亡事故は毎年一〇〇件以上もある。コンニャクゼリーの比ではない。しかし、毎年これだけの死亡事故が起きていながら、お餅を改良しようという議論は起きない。理由は、お餅は文化だがコンニャクゼリーは文化になっていなかったからだろう。自動車事故では毎年四〇〇〇人以上の死者がでる。これは経済効果もさることながら、便利という名の文化になっているから、車を廃止しようという議論は大きくならないのだろう。文化ほど平気で人を殺すものはない。かつて自民党は、臓器移植促進のためにいわゆる「脳死法案」を国会に提出した。しかし採決に当たっては、個人の死生観に関わる問題だとして、党議拘束をかけなかった。実際、自民党からも反対票がでた。政治が医学の問題を文化にゆだねた瞬間だった。

もちろん、文化は不変ではない。テクノロジーによって変質しながら生き延びることもある。写真はデジタル技術によってフィルムを使わなくなっても写真である。時間厳守の文化を広めたのは、鉄道というテクノロジーである。テクノロジーと文化は渾然一体となっている。文化をあまりに固定的にしてしまうと、民族問題を激烈に引き起こす。人々の共感が得られる限り、時代につれて文化はゆるやかに変化してもいい。

世界の形を決めているのは文化である。テクノロジーは、人の望むことなら何でもかなえてくれる。あるロボット研究者が言っていた。「もうすぐ、人のできることならすべてロボットができる時代が来る。しかし、人が生まれて、やりたいことをすべてロボットに任せて、ベビーベッドに寝たまま寿命を全うするのが人間らしい生き方と言えるのか」と。これが「消極的開化」の極地である。そこには、もう「人間」はいない。彼にして悩みは深いようだった。

テクノロジーは自動作用があるかのように進歩する。それを止めることができるのは文化しかない。どこまで進歩させるかを決めるのも文化しかない。国語教育の中での文学の縮小は止まりそうもないが、それは私たちが世界の形を決めることができなくなることを意味する。私はただこのゆえに文学の縮小に反対する。ただこのゆえに文学に期待する。

VII 時代の中の個人主義――『私の個人主義』

時代の制約の中で

現代の日本において実質的に言論の自由が保障されていると感じるおめでたい人はいないと思うが、それでも憲法上は言論の自由は保障されている。漱石は法律上にも実質的にも言論の自由のない時代に作家として生きなければならなかった。その時代を、漱石はしたたかに生き抜いた。

「私の個人主義」という講演は、大正三年にいわゆる旧制高等学校だった学習院で行われた。前半が〈自分は「自己本位」という立場から英文学研究を行ってきたが、みなさんも「自己本位」をつかみなさい〉という若い人へのアドバイスとなっていて、この部分が教材の中心だった。後半は〈みなさんは将来権力と金力を持つことになるけれども、それで得られる自由と同じように他人の自由も尊重しなければならないし、権力と金力に伴う義務を果たさなければならない〉と教訓する構成になっている。漱石が人格と義務とをワンセットで語るのは、人格と道徳とをワンセットでとらえる、当時の日本では朱子学にもなぞらえられた、イギリス流の「自我実現説」を身につけていたからかもしれないが（日比嘉高『〈自己表象〉の文学史――自分を書く小説の登場』翰林書房、二〇〇二年五月）、それだけではなさそうだ。

言うまでもなく、学習院は華族が通う学校で、多くは東京帝国大学に進学した。もともと社会の上流階級（こういう言葉がよく使われた）に属する人々が、さらに最高の学歴を得るための学校だった。こうした特異な学校の性格が、この講演後半の権力や金力をむやみに振り回すなという忠告になっている。漱石が権力や金力を生理的に嫌悪していたのは事実のようだが、全体としてはその嫌悪よりも、義務を強調するいかにも学校的な教訓に満ちた論調になっている。それは個人主義を説くための漱石なりの予防線だった。当時、個人主義は危険視されていたからで、事実この演題を危惧した学習院は講演をチェックし、「ああいう個人主義ならいい」と判断したという逸話が残っている。漱石の予防線が利いたのである。

漱石のエクスキューズ

こういう時代だから、漱石の批判の仕方も手が込んでいる。講演の後半ではこう語っている。

近頃自我とか自覚とか唱えていくら自分の勝手な真似をしても構わないという符徴（ふちょう）に使うようですが、その中にははなはだ怪しいのがたくさんあります。（中略）いやしくも公平の眼を具し正義の観念をもつ以上は、自分の幸福のために自分の個性を発展して行くと同時に、その自由を他にも与えなければすまんことだと私は信じて疑わないのです。我々は他が自己の幸福のために、己（おの）れの個性を勝手に発展するのを、相当の理由なくして妨害（ぼうがい）してはならないのであります。私はなぜここに妨害という字を使うかというと、あなたがたは正しく妨害し得る地位に将来立つ人が多いからです。あなたがたのうちには権力を用い得る人があり、また金力を用い得る人がたくさんあるからです。

時代の風に逆らうにはそれなりの工夫が必要だっただろう。漱石は、この後で権力や金力には義務が伴うと言いながら、イギリスは好きではないけれども、反政府的な運動でも弾圧されはしないと強調している。さらには「国家的道徳というものは個人的道徳に比べると、ずっと段の低いもの」で「詐欺をやる、ごまかしをやる、ペテンにかける、めちゃくちゃなもの」とまで言う。その少し前にはこういう一節が入る。

いやしくも人格のある以上、それを踏み違えて、国家の亡びるか亡びないかという場合に、疳違いをしてただむやみに個性の発展ばかりめがけている人はないはずです。私のいう個人主義のうちには、火事が済んでもまだ火事頭巾が必要だといって、用もないのに窮屈がる人に対する忠告も含まれていると考えて下さい。

前半はエクスキューズである。しかし、後半はまちがいなく国家主義者への批判である。エクスキューズと見せて批判する。これを学習院という場で語ったことの意味を考えればどちらが本音かわかろうというものだが、これだけ慎重でなければならなかったのも事実だ。

「私の個人主義」という講演は、こうした厳しい時代と場の意味を考慮せずに、漱石のエクスキューズをこの講演の主旨だと「誤読」して、教育や社会のなかに引き継がれていたのではないだろうか。「自由や権利には義務が伴う」と。少し前なら、校長や社長の訓辞でよく使われたフレーズである。批評家なら、いまでも「個人の自由は他者とともにある」とかなんとか、もっともらしく説いている。どれだけ自由主義者の顔をしても、その心は同じだ。

では、私たちはこの講演から何を学べばいいのだろうか。

自己本位は伝わらない

漱石は、イギリスで英文学研究をしようにも手本がなくて、「この時私は始めて文学とはどんなものであるか、その概念を根本的に自力で作り上げるよりほかに、私を救う途はないのだと悟」り、科学や哲学に手がかりを見いだそうとしたのを「自己本位」だと言っている。

科学や哲学に対する信頼がややナイーブすぎるのはさておき、当時、現代英文学研究など世界のどこにもなかった。前章に書いたが改めて確認しておくと、そもそも英文学科が大学にあったのは、スコットランド、インド、アメリカの一部、そして日本だけである。これを見ておわかりだろうが、いずれもイングランドの高級な文化によって教化する必要があると思われていた国や地域である。いかにも植民地経営的な発想だ。

日本では富国強兵の時代だったから、漱石の留学の課題は「英語研究」であって「英文学研究」ではなかった。やや極端に言えば、漱石は世界ではじめて現代英文学研究を作り上げなければならなかったのだ。漱石の「自己本位」の覚悟と強度は生半可なものではなかった。漱石が自分の場所を見つけるまでとことん突き進みなさいと、異様なまでに「自己本位」を強調する理由もそこにある。しかし、漱石はそれは伝わりはしないと、半ば諦めながら語っていたのではないだろうか。漱石の講演はどれも前置きが長い。「私の個人主義」でも、彼自身が教師になるまでの経緯を話し、しかも自分は教師の資格がないとも語っている。これは単なる謙遜だろうか。

柄谷行人『探求I』(講談社、一九八六年一二月)は、全編をあげて教育とは何かを問うている。無理矢理短くまとめるなら、こうだろう。

商品が売れることを「命がけの跳躍」とマルクスが言ったのは、商品に価値があるから売れたのではなく、売れたことによって事後的に価値があると判断されるからだ。言葉が通じるのも、意味があるから通じたのではなく、通じたから意味があったと事後的に判断されるにすぎない。言葉が通じることも商品と同じように、「命がけの跳躍」の結果である。その証拠に、言葉が通じるために必要な言語のルール(ラング)をきちんと説明できる者などいない。

教育もまったく同様で、たとえば教訓に価値があるから教えることができたのではなく、相手がわかったから教訓に価値があったと事後的に判断されるにすぎない。つまり、商品の価値は買い手が決め、言葉の意味は聴き手が決め、教育の成立は生徒が決めるのである。しかし、それが伝わるかどうかは生徒次第だ。

私は教員になってもう四〇年近くなるが、いまだにわからないことがある。教育の根本である。私は大学一年生には半期(実質三ヶ月ほど)の授業で四〇〇〇字程度のレポートを三回課す。「叱る権利をもつ先生はすなわち教える義務」も持つから、すべて「、」の位置に至るまで細かく添削して、対話をしながら返却する。それで形式上のルールを覚えるのは当たり前だ。しかし、二〇点か三〇点しか取れなかった学生が（そういう点を平気で付ける）、私の手をすり抜けて、三回目に突然九〇点に値するようなレポートがなぜ書けるようになるのか、それがいまだにわからないのだ。

武者小路実篤『友情』を三ヶ月一緒に読んでいてさえこうなのだ。ましてや「自己本位」を手に入れた学生など理解のしようがないと思う。今日の話がわからなかったら質問に来なさいと言う漱石は、伝わると信じていたようにも見える。しかし、それならどうして教師の資格はないと言うのだろうか。

伝わるとわかっていることだけを教えるのは教育ではない。漱石が言いたかったのは、伝わるかもしれないし、伝わらないかもしれないが、それでも「自己本位」をテコにして「命がけの跳躍」をするしかないということだけだったのではないだろうか。それが個人主義というものだから「淋しい」のだ。その淋しさに耐えなければならないのは教師である。「私の個人主義」から学ぶのは教師でなければならない。

第2章

教科書における受容の変遷

この章では、漱石文学の中で戦後に教科書教材として採録されてきた『吾輩は猫である』、『坊っちゃん』、『草枕』、『夢十夜』、『三四郎』、『それから』、『こころ』、『現代日本の開化』、『私の個人主義』について、主にその読み方を、「学習」を意識しながら時代背景を中心に解説し、あるいは独立した作品として論じてみた。

しかし、これはとても悩ましいことだ。教師が時代背景を生徒と共有するためには独演会を開かなければならないからである。そういう授業がおもしろいだろうか。もし生徒が興味を持ったとしよう。その時には教師が与えた時代背景に関する知識が唯一の「正しい」解釈コードとなって生徒を拘束するだろう。それは理想に近い国語の授業だろうか。あるいは創造的な文学の授業だろうか。

私には実に苦い経験がある。成城大学時代に大学一年生と『こころ』の演習をしたときである。順番が回ってきた学生が「これは私だけの読み方です」と前置きをして発表したのは、「青年は先生に批判的で、先生の死後、青年は静と一緒になって…」。小森陽一さんと私の『こころ』論である。「それ、君の読みではなくて、高校の授業で聞いた読み方だよね」と言ったら、「はい…」と素直に認めた。研究者の成果が高校の授業に反映されることはほとんどないから、喜ぶべきだろうか。もちろん、責めようとは思わなかった。しかし、私は個人ではない誰かへの抗議の意味を込めて、それ以後二〇年近く大学では『こころ』を扱わなかった。

私がこの章で書いたのは、漱石文学に対する一つの態度でしかない。それは別の態度との対話を望んでいる。文学を学ぶことは対話をし、その結果迷うことだからだ。

Ⅰ　なぜ「おもしろく」読まなければならないのか――『吾輩は猫である』

偶然生まれたデビュー作

『吾輩は猫である』は旧制高校の学生に広く読まれた小説で、戦後のはやい時期の教科書にも比較的多く収録されたが、主に中学の教科書であり、それも一九七〇年代でほぼ姿を消すことになる。理由はこの小説があまりにペダンチックであること、戦後においては「不適切」とされそうな表現が散見されること、物語重視の傾向が高まったことなどだろうか。

『吾輩は猫である』は、漱石が留学から帰り、まだ第一高等学校と東京帝国大学講師だった時代の、神経衰弱が悪化している時期に書かれたものである。漱石の状態を心配した友人の高浜虚子らが、正岡子規から引き継いだ『ホトトギス』に何か書くように誘ったのが一九〇四年の一一月。瞬く間に書き上げたのが、『吾輩は猫である』の第一回に当たるところである。

原稿は、やはり虚子が子規から受け継いだ「山会」（文章には「山」がなければならないという趣旨から命名された文章の会）で朗読された。漱石が参加した山会は、一一月下旬か一二月初旬に開催されたと推定されている。虚子が朗読し、漱石自身も笑い転げて聞いていたという。タイトルを「猫伝」にしようか冒頭の一文をとって「吾輩は猫である」にしようか迷っていた漱石に、虚子は即座に冒頭の一文がいいと答えた。そして虚子が文章に手を入れて、翌一九〇五年の『ホトトギス』新年号に掲載された。

これが実質的に漱石のデビュー作となった。単発のつもりで書いたのだが、好評だったので虚子の依頼で書き継ぐことになり、いまある形の一一章になった。この自虐的な文章を書くことが、神経衰弱に悩まされていた漱石にとって自己治癒になったという説もある。イギリス留学を終えて『吾輩は猫である』を執筆することになるまでの事情は、漱石唯一の自伝的小説『道草』(一九一五年)に変形されて書かれている。

「おもしろい」ことを学ぶ時代

『吾輩は猫である』が教科書に収録された意図がわかりそうな文章があるので、引用しておきたい。佐藤春夫・土井忠生(編)『中学新国語 一年』(三省堂、一九五六年)には、本文の前に次のような短いリード文が配置されている。

ユーモアということは、文学にとっても人生にとってもたいせつなものです。ねこが人間のように描かれているこの文章から、ほんとうのユーモアの味を読み取ってみましょう。

『人とつき合う法』(新潮社、一九五八年一〇月)という、いまで言えば実用書のような自己啓発本のような本を書いたフランス文学者の河盛好蔵(一九〇二年〜二〇〇〇年)に、『エスプリとユーモア』

（岩波書店、一九六九年一〇月）がある。大江健三郎と蓮實重彦を弟子に持った渡辺一夫（蓮實は渡辺に認められなかったのでフランスに留学したという）も人生論的エッセイをよく書いた。

おそらくフランス文学者というところに意味があって、無謀な戦争を起こした近代日本に欠けていたものをイギリス、アメリカ、フランスから学ぼうという機運が高まった時期だった。民主主義は言うまでもなく、イギリスからはコモンセンス、アメリカからは合理主義、フランスからはユーモアだっただろうか。河盛好蔵の『エスプリとユーモア』はそういう時代の刻印を帯びた本だった。

のちには猫の目を通して人間がどう見えるかを学ぶことが学習の中心になっていくが、このリード文では「ねこが人間のように描かれている」ことを重視して、もっとも肝心なところを素通りしてしまっている。「ねこが人間のように描かれている」ことは、ずいぶん後になって研究者が改めて指摘したことだった。「猫の目を通して人間がどう見えるか」は肝心なのだが、それなどはわかりきったことと考えていたのかもしれない。エリートとはそういうものだ。

そして「ほんとうのユーモア」を学ぶことを求めている。ユーモアが「文学にとっても人生にとってもたいせつ」の、「人生にとっても」に思いが込められているようだ。「人生においてほんとうのユーモアを知っていればあの戦争はなかった」と言いたげだ。そういう時代だったのである。

ただし、『吾輩は猫である』が発表された同時代にも「之を以てユーモアの上乗なるもの」（無署名「卅八年の文芸界（一）」『東京日日新聞』一九〇六年一月一日）という評価は当然あった。先のリード文は、日本人はユーモアを忘れたと言いたいのか、それとも「ほんとうのユーモア」はわかっていないと言いたいのか、どちらだろうか。

いかにもこの時代の刻印を帯びた評論が梅原猛「『吾輩は猫である』の笑いについて」(『文学』一九五九年一月)である。

梅原猛は、『吾輩は猫である』の「笑い」の特質を、漱石が好んで論じたスィフト『ガリバー旅行記』と対比させながら論じている。両者は、人間が動物と同等にまで価値が低下させられることによる笑いが生じ、それは人類の誰もが逃れることができない価値低下という点で類似していると論じる。相違点は人間の価値低下の度合いで、『ガリバー旅行記』より『吾輩は猫である』のほうが少ないと分析している。その理由を、梅原猛は次のように説明している。

「ガリバー」の笑いの背後には、二千年にわたる西洋文化の伝統があるように、「猫」の笑いの背後にも二千年にわたる東洋文化の伝統があろう。東洋に於ける最高の笑いは、ジャン・パウルの言うような、すべての有限な現実を、無限なる理念に対照させて笑う笑いではなく、むしろ一切の相対的有を、絶対的な無に対照させて笑う笑いであろう。

「ジャン・パウル」は、ユーモアの代表として『ガリバー旅行記』をあげているそうで、「ドイツ・ローマン派の先駆者」だから「無限」への志向を持つ人物である。つまり、西洋的な笑いは現実にはあり得ない「理念」と比較して笑うから価値低下が大きくなるのに対して、東洋的な笑いはもともと絶対的な価値を想定していない相対的な関係にあるもの同士を「無」という地点にまでしか価値低下させない笑いだというわけだ。言ってみれば、西洋の笑いは絶対者からの笑いであって救いがないが、東洋の笑いは「どっちもどっち」という笑いであって「お互い様」的な救いがあるということだろう。漱石の立つ位置は老荘的（東洋的）だと言う。

梅原はこれを図で示している。猫を基軸として、世間がひっくり返るというのである。

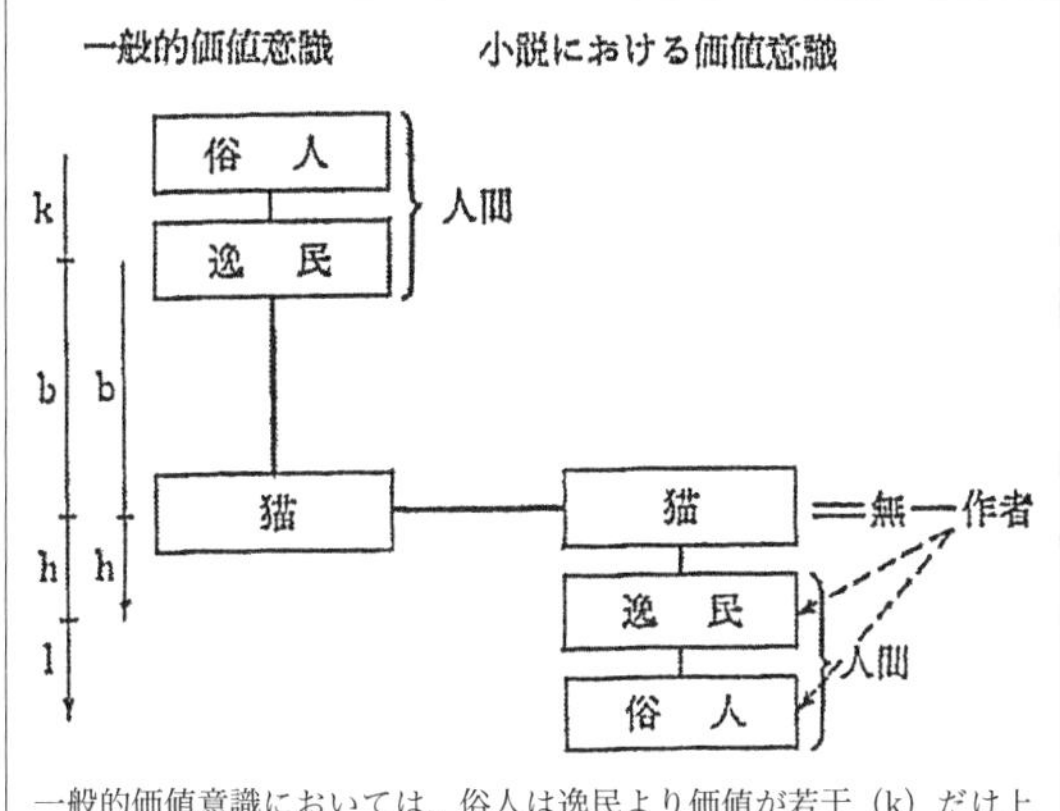

「猫」における更に精密な価値低下の強度の図式的説明

梅原は次のように結論する。

「猫」の笑いの分析は、我々に漱石において、東洋的ニヒリズムと西洋的エゴイズムの二つの矛盾した思想の流れをあきらかにした。「猫」においては矛盾が未だ明瞭に意識されず、二つの思想は混在しつつ、縹渺たる笑いにつつまれていた。

これに気づいた後期の漱石は、この矛盾に悩まなければならなかったとしている。いまでも通用しそうな見立てだ。「今こそ理想主義的笑いが日本文学においても必要な時が来ているように思われる」とこの評論を結ぶ梅原なら、先の問いかけには、『吾輩は猫である』を読んで面白がっている日本人は「「ほんとうのユーモア」はわかっていない」と答えるだろう。日本には「理念」がないという、その後よく行われることになる日本批判の走りである。

前提としての「おもしろさ」

『吾輩は猫である』の収録箇所はほとんどが第一章（あるいは「吾輩は猫である」ではじまり、「無名の猫で終わるつもりだ」までをリライトして短くした形）である。そのほかには、猫が「運動」を始める七章、苦沙弥の姪・雪江が訪ねてきた十章なども収録されているが、いずれも本文を細切れにして繋いだもので、当時の著作権意識のあまりの低さが露呈している。

『吾輩は猫である』が教科書に収録されていた中心的な期間は一九五〇年代初頭から六〇年代中頃までとあまり長くはないが、『吾輩は猫である』だけでなく、国語の文学教材の意義付けの違いがわかる二つの「学習」を、二つ目は右の時期とは少しずれるが、引用しておこう。

①岡崎義恵編『高等学校　現代国語 2』日本書院、一九六七年

〈研究の手びき〉

一、この文章は「吾輩は猫である」の第一章であるが、この部分だけでもひとまとまりの短編小説と見ることができる。物語の展開のしかたによって六つの段落に区切り、どんな構成になっているか調べてみよう。

二、猫が登場人物や動物を観察して、どのように批評しているか、まとめてみよう。
三、文中のユーモラスな表現の例をいくつかあげ、そのおもしろさを説明してみよう。
四、猫の目を通して描かれている、主人の性格や人柄をまとめてみよう。また、車屋の猫は、人間で言えばどんな人物か、考えてみよう。
五、自然描写ですぐれている箇所を指摘し、味わってみよう。
六、この作品は、漱石がいつごろ、どんな気持ちから書いたものか、調べてみよう。
七、この作品は、一匹の猫が飼い主の先生とその周囲の人物について物語るという形で書かれ、「吾輩は猫である」とか「おのれを入るべき余地」「吾人が食うべき物」とか文語的表現を多く用いている。これらのことばづかいが猫のどのような性格を表わす効果を与えているか、考えてみよう。また、「吾輩」ということばは、代名詞として、どんな感じを含めて使われているか、考えてみよう。
八、次の語句を使って短文を作ってみよう。
あながち　余念がない　自任する

②片岡美佐子ほか編『ちくま現代文』筑摩書房、一九九五年
学習の手引き
一「吾輩は猫である」という一文は、題名であると同時に、小説の冒頭文ともなっている。この一

文が小説全体とのかかわりで、どのような効果を発揮しているか、考えてみよう。
二 「吾輩」や「車屋の黒」は人間をどのように見ているか、人間世界に対する違和感を整理しておこう。また「猫」と「人間」双方にわかれてみて、それぞれの立場から相手を批評し合ってみよう。
三 「主人」と、その友人の「美学者」の人間像について、まとめてみよう。
四 この小説の中で、最も滑稽に感じた箇所はどこか。また、なぜ滑稽と感じたのか、その理由を自分なりに考えてみよう。

ほぼ三〇年の時を隔てているにもかかわらず、①も②も『吾輩は猫である』が「ユーモラス」であり「おもしろさ」があり「滑稽」であるという前提に立っている。しかし、「おもしろい」という感性を強制するのは酷ではないだろうか。ちっとも「おもしろく」感じなくて、入り口で門前払いを食ったと感じる生徒も少なくないだろう。私なら「ユーモラスに読ませようと工夫して書かれているところはどこか」と、感性を強要しなくても考えられるような形で問うと思う。

ついでに言えば、②の四「この小説の中で、最も滑稽に感じた箇所はどこか。また、なぜ滑稽と感じたのか、その理由を自分なりに考えてみよう」の「最も」はこの前提に立っているのだろうが、「どこが最も滑稽」かという無意味な議論を誘発しそうで不用意だし、ある箇所が「最も滑稽」に感じるような感性のあり方に、感性を統一させるつもりかと言いたくもなる。

実は、これこそが見えざる旧制高校的教養主義＝エリート主義なのである。『吾輩は猫である』のもっとも重要なポイントは、猫の目から人間を見ることで人間が異化＝非日常化（見慣れないものになる）されるところにある。自分が人間であることが「当たり前＝自然なこと」とは感じられなくなるのだ。それがユーモアを生むことを大前提としているが、これは感性＝感じ方の問題である。

エリートが読む小説

フランスの社会学者ピエール・ブルデュー『ディスタンクシオン　社会的判断力批判』（Ⅰ・Ⅱ、石井洋二郎訳、藤原書店、一九九〇年）は、社会は趣味（「好み」というような意味）によって階級化され、また趣味が階級を再生産もしていると論じている。「ディスタンクシオン」はふつう「卓越化」と訳されるが、訳者でもある石井洋二郎は〈品位のある趣味による差別化〉というほどの意味に取っておいた方がわかりやすいと述べている（『ブルデュー『ディスタンクシオン』講義』藤原書店、二〇二〇年一二月）。人は趣味によって自分の卓越性を誇示し、確認し、再生産するというのだ。

ブルデューの論のポイントは、趣味は社会階層によって作られるから、社会階層によって異なるという点にある。ブルデューの調査した例を乱暴に簡略化して示すと、キリスト教文化圏では〈宗教画と木の皮のどちらが美しく写真に撮れると思うか〉という質問に、学歴がかなり低い層に属する人々は宗教画と答え、学歴のとても高い超エリート層に属する人は木の皮と答えるのだという。後者は一ひねりするのが高級な趣味だと思っているのだろう。

そもそも訳がわからないようにいかにも難解に作成されたいわゆる前衛芸術は、エリート用の芸術なのだ。「第六夜」の解説でも引いたが、現代芸術についてフランスの批評家ジャン・ボードリヤールが面白いことを言っている（『芸術の陰謀　消費社会と現代アート』塚原史訳、NTT出版、二〇一一年一〇月）。たとえば、「現代芸術」の象徴的「作品」としてよく引き合いにだされるマルセル・デュシャンの『泉』。使い古した水洗便器を引っ繰り返して展示しただけの「作品」である。告白すれば、私にはその芸術性がわからない。ところがこう思ったとき、現代芸術の「陰謀」に引っかかったのだ。

現代芸術は「わからない」のに、「わからない」とは言わせない何かがあると感じさせるものがある。つまり、現代芸術はわざと「無内容・無価値」に見える「作品」を作る。そしてたちの悪いことに、この「作品」は「無内容・無価値」だと言い張る。一方で現代芸術は、「無内容・無価値」だと言うことは「正常」だと思わせて、「現代芸術が「無内容・無価値」なんて「嘘」だ」と言うことの方が「真実」であるように振る舞う。私たちは「わかる」と「わからない」との間で進退窮まる。それが現代芸術の「商業的な戦略」だと、ボードリヤールは言うのだ。

まるでマッチポンプで、やや込み入った戦略だが、こう言われてみると心当たりがあるような気になる。木の皮がまさにこれにあたる。だから、エリートは猫の目から人間が変な生き物に見えることを自然に受け入れられるのだ。「猫の目を通して人間がどう見えるか」など、わざわざ問う必要もないことだったのだろう。

内容よりも表現に着目するのはエリートの好み＝趣味なのである。繰り返すが、これが卓越化と訳されたのは、エリートはこうした〈品位のある趣味〉を押し付け、他を排除することで自らの卓越性を誇示し、社会的階層を保とうとしているからだ。だとすれば教育は無力ということになりはしないだろうか。

①と②とを比べて一見してわかるのは、①の方が作者への理解を求めていることである。これは漱石文学を読んでいるか、これから読むことを前提にした設問だ。また、表現に関する設問が多いことも特徴としてあげられる。ただ、①も②も猫が人間を語ることで引き起こされる異化作用に注目させようとしている点は共通している。これは広い意味で、表現に関する設問だ。ブルデューを踏まえて言うなら、これはまちがいなく旧制高校的教養主義＝エリート主義の尻尾だと言えるだろう。

差し障りがあるけれどもあえて言うなら、②の筑摩書房の国語教科書が（授業で国語教科書を使わないほどの）エリート校でしか採択されない教科書だったことは周知の事実だった。

『吾輩は猫である』が教科書からほぼ消えた一九六〇年代は高校進学率が六〇パーセントから七〇パーセントに急上昇し、高校生がエリートではなくなった時期だった。その時代に異化表現の固まりでもあり、表現に注目する設問を設けなければ収録した意味がないような小説はもう高校生にふさわしくなくなっていたのである。『吾輩は猫である』が教科書から消えた理由は、一九六〇年代の高校生に旧制高校的教養主義を求めることができなくなったことが最大の理由だったかもしれない。

II　漱石はうっぷんをユーモアで解消した――『坊っちゃん』

漱石には東京帝国大学に不満を持った出来事があった

朝日新聞社入社以前の漱石は第一高等学校と東京帝国大学の講師だったが、明治三八年から朝日新聞社に入社する明治四〇年までのわずか二年の間に、『吾輩は猫である』の連載稿を書きながら、後に『漾虚集』にまとめられる七つの短編のほかに、『草枕』や『坊っちゃん』などの中編を書くなど、この二年間は作家生涯の中でももっとも豊かで稔り多い時代だった。文壇でもさまざまな作風で小説を書き分けられる有望な新人（！）として評価されていた。作家生涯の中で、文壇での評価がもっとも高い時期だった。

特に『坊っちゃん』は、明治三九（一九〇六）年四月の『ホトトギス』明治三九年四月号付録のために、三月一五日前後からほぼ二週間の間に一気に書き上げられた。『吾輩は猫である』も漱石のうっぷん晴らしという趣があるが、『坊っちゃん』もおなじようにうっぷん晴らしだったようだ。

当時、東京帝国大学講師だった漱石が空席だった教授のポストに任免されることはおそらく時間の問題だった。漱石は教授目前の身だったのである。しかし、創作に魅力を感じ始めていた漱石は「僕大学をやめて江湖の処士になりたい。大学は学者中の貴族だね。何だか気に喰はん」（明治三九年一月一四日、菅虎雄宛書簡）と感じ始めていた。実は、留学を終えて東京帝国大学に赴任した直後から、漱石は折りに触れて大学を辞めたいと洩らしていたようだが、その気持ちが具体的な形を取り始めた時期だったのかもしれない。

そこへ、大学から漱石にとって難題が持ち込まれた。明治三九年二月のことだった。漱石の所属していた東京帝国大学文科大学（いまの文学部で、当時の東京帝国大学は法科大学、理科大学、医科大学などの単科大学の集合体であって、まさにユニバーシティーだった）教授会が、まだ講師の身分だから教授会のメンバーではない漱石に英語入試委員を委嘱したのだ。出題は自分たちでするから採点だけ漱石がしろと、欠席裁判で決めたのである。

教授昇任目前なのだから、ふつうならしぶしぶでも引き受けるだろう。ところが、漱石は断ってしまう。教授会は再度漱石に依頼した。そこで、漱石は文科大学学長に直訴するなど徹底抗戦を試み、ついに断り切った。この一件で「大学が御屋敷風御大名風御役人風になつてる」（明治三九年二月一七日、姉崎正治宛書簡）という感想を持つことになった。

漱石が『坊っちゃん』の構想を得たのは入試委員辞退事件が落着してから半月ほど経った三月一〇日すぎ、実際に書き始めたのが一五日前後ということになる。以後、二週間足らずのごく短い期間で『坊っちゃん』は一気に書き上げられたのだ。こうした事情に鑑みて、これが『坊っちゃん』執筆のモチーフになったのではないかとする説がある。時間的な辻褄もピッタリ合う（竹盛天雄「坊っちゃんの受難」『漱石　文学の端緒』筑摩書房、一九九一年六月）。

四国の中学校での物語に移し替えられてはいるが、『坊っちゃん』の基本的なモチーフは、実は権威主義に陥った東京帝国大学批判だったのである。そう考えれば、〈坊っちゃん〉が赴任した中学で「悪事」を働く中心人物である赤シャツを東京帝国大学出の「文学士」に仕立て上げた理由もすんなり理解できる。

この出来事によって、この頃しきりに大学を辞めたいと周囲に洩らしていた漱石の気持ちが固まったようだ。あとはきっかけがあればよかったのである。

漱石の長編小説の原稿は、空襲で焼けたのではないかと推定されている『行人』以外はほぼ残っており、所有している機関も明らかになっているが、『坊っちゃん』の原稿はない。しかし、そのカラー版の複製があり、さらに集英社新書がそれを復刻したので容易に参照できる（『直筆で読む「坊っちゃん」』集英社新書ヴィジュアル版、二〇〇七年一〇月）。

よく注目されるのが、〈坊っちゃん〉の赴任した先が、「中国辺」（中国地方）から「四国辺」に書き換えられたことである。漱石自身が松山中学（現在の松山東高等学校）で一年間教鞭を執っていたので、ごく自然に「四国辺」となったと思われがちだが、そうではなかったのだ。

〈坊っちゃん〉の赴任先が松山であることは、漱石の体験を知らない読者にはおそらくわからない。ただ、この地方都市は港から近い県庁所在地の城下町であり、路面電車があり、練兵場があり、温泉があり、中学校と師範学校がある。当時このすべての条件に当てはまるのは四国では松山しかなかったから、松山だと確定はできる。なによりも、漱石自身はわかっている。変更の事情はわからないが、この変更によって〈坊っちゃん〉の物語が漱石自身の物語＝当時の心情と重なることになっただろう。

誤読されやすい〈坊っちゃん〉

『坊っちゃん』は中学校国語の教材だった。ほとんどが第一章だけの収録である。まとまりがいいからだが、ほかにも理由があったと思われる。それは『坊っちゃん』という小説の根本に関わることなので、きちんと確認しておこう。

大学の授業で、フェミニズム批評やポストコロニアル批評やナショナリズム批評を学習したあとで『坊っちゃん』の演習にはいると、たいていの学生は「『坊っちゃん』は差別小説だ」という趣旨の発表をする。『坊っちゃん』という「小説」の差別性をはじめて本格的に論じたのは、石井和夫だろう（「貴種流離譚のパロディ『坊っちゃん』差別する漱石」『叙説』I、一九九〇年一月）。石井の論は副題にあるように「差別する漱石」にまで及ぶが、いま多くの論者が『坊っちゃん』を論じて「差別」の問題に触れている。

たとえば、〈坊っちゃん〉が兄を「女の様な性分（しょうぶん）」、赤シャツを「女の様」と形容する女性差別（これは「一晩位寐ないで、そんな面（つら）をして男と云はれるか」という言葉によっても裏打ちされる）、清を「教育のない婆さん」と呼ぶ学歴差別、中学の生徒を「土百姓（どびやくしよう）」という言葉で切り捨てる職業差別などなど枚挙にいとまがない。その中でも最も激しい差別が「田舎（いなか）」「田舎者」差別であることは言うまでもないだろう。『坊っちゃん』は全編あげて田舎差別小説なのである。

現代の良識ある読者は、〈坊っちゃん〉の松山での言動もさることながら、彼の語り方の方により多くの不快感を感じるのではないだろうか。物語る内容よりも、どういう言葉を使って物語るのかということの方に、語り手の意識がより鮮明に表れるものだからだ。これが作者漱石の差別意識と同じではないと言うことは、かなり難しいだろう。いずれにせよ、『坊っちゃん』第二章以降の教科書収録はまずできない。

県庁所在地の松山は「田舎」だろうか。そうではないだろう。〈坊っちゃん〉自身も「狭い都」と書いているように、松山は「地方都市」と呼ばれるべきなのである。それがなぜ〈坊っちゃん〉にとっては「田舎」と意識されるのか。たとえばそれは次のような一節にはっきり表れている。

ほかの所は何を見ても東京の足元にも及ばないが温泉だけは立派なものだ。(三)

〈坊っちゃん〉が松山を「田舎」と見なす判断基準は、常に「東京」との比較によるものだったのだ。ここには〈東京／田舎〉という鮮やかな二項対立の図式が成り立っている。そして、この図式が逆に〈坊っちゃん〉にとっての「東京」の意味を明らかにする。言うまでもなく、ここで「田舎」と対比される東京は「近代都市」であり「日本の首都」である。だからこそ、地方都市松山を「田舎」だと言えたのである。何をやってもうまくいかない松山で〈坊っちゃん〉を支えているのは自分は「東京人」だという自負なのだが、別の言い方をすれば、〈坊っちゃん〉の田舎差別を生み出しているのも、自分は「東京人」だという自負なのである。

ところが、〈坊っちゃん〉には、松山に来てからもう一つの自己意識が強烈に芽生える。それは自分は「江戸っ子」だという自己意識である。東京での出来事を書いた一章に「江戸っ子」という言葉がただの一度も出てこない事実に、この自己意識が松山に行ってから芽生えたものであることがよく表れている。この自意識によって生み出されるのは〈江戸っ子／田舎者〉という二項対立の図式である。自分は「江戸っ子」であるという自意識も、〈坊っちゃん〉を支え、かつ田舎者差別を生み出す。〈坊っちゃん〉は何かにつけ「江戸っ子」という言葉を連発しているように見えるが、これを実際に他者に向けて口にした記述は、実は二回しかない。一度は、着任早々、二時間目の授業においてである。この時の〈坊っちゃん〉が「おれは江戸っ子だから君等の言葉は使えない」と、生徒の「方言」との違いを問題にしている限り、この「江戸っ子」はより多く「東京」という〈中央〉の意識で語られている。ところが、もう一度口にしたときには違っている。山嵐との別れの場面である。

「君は一体どこの産だ」
「おれは江戸っ子だ」
「うん、江戸っ子か、道理で負け惜しみが強いと思った」
「君はどこだ」
「僕は会津（あいづ）だ」
「会津っぽか、強情な訳だ」（九）

山嵐の問に〈坊っちゃん〉が「東京だ」とは答えず「江戸っ子」と答えるとき、そして、「僕は会津（あいづ）だ」という山嵐の答えを「会津っぽか」と受けるとき、この「江戸っ子」からは〈中央〉意識は消し去られ、一つの気質として語られている。〈坊っちゃん〉は、伝統的な「江戸っ子」という言葉に自己のアイデンティティの拠り所を見出し、この言葉で自己の像を松山で唯一信頼できる他者に結ぼうとしたのである。つまり、〈江戸っ子／田舎者〉という二項対立の図式による差別は、「気質」についての差別だったのである。

もはや明らかだろうが、『坊っちゃん』は「江戸っ子」の〈坊っちゃん〉が松山で活躍する物語とするのは「誤読」に近い。彼が「田舎」での様々な関係の中で「江戸っ子」の立場を選び取らされていく物語、〈坊っちゃん〉が「江戸っ子」になる物語なのである。

実際問題として、松山での〈坊っちゃん〉は物語の主役などではなく、彼の赴任以前から起きていた赤シャツと山嵐との権力抗争に巻き込まれた端役にすぎない（有光隆司『坊っちゃん』の構造――悲劇の方法について」『国語と国文学』一九八二年八月）。それを、あたかも主役であるかのように見せかけるのは、一人称語りの魔術であるとも言うことができるし、全体状況が見えない〈坊っちゃん〉の知性の問題だとも言うこともできる。

「誤読」される清

『坊っちゃん』には、赤シャツの弟について述べる奇妙な言葉が書き込まれている。「その癖渡りものだから、生れ付いての田舎者よりも人が悪るい」（八）と言うのだ。〈坊っちゃん〉の意識の中に「田舎者」よりもさらに差別すべき階層があったのだ。

近代は土地と身分から人を自由にした。そのことが、庶民に立身出世の欲望をかき立て、それが国家の活力となったのである。したがって、「渡りもの」が生まれるのは近代の宿命だった。しかも、高等教育を受けられる学校が全国に数えられるくらいしか設置されていない時代にあっては、学校に通う段階からすでに故郷を離れなければならないことが多かった。さらに、その学歴を資本に立身出世しようと思えば、「渡りもの」になるしかなかったのだ。赤シャツのような教師はその典型だった（大野淳一「『渡りもの』の教師たち――『坊っちゃん』ノート」『武蔵大学人文学会雑誌』第一三巻四号、一九八二年三月）。

そこで、もう一度〈坊っちゃん〉が山嵐との別れの場面で口にした「江戸っ子」という言葉に注目してみると、そこからは〈江戸／明治〉という新たな二項対立の図式が透けて見えてくる。そう言えば、〈坊っちゃん〉が親しみを感じる人物は、「元は旗本」という彼自身を含めて、会津出身の山嵐、「瓦解」で身分を失った清、元松山藩の士族うらなりと、すべて幕末に江戸幕府側に味方して敗れた佐幕派なのである（平岡敏夫『「坊っちゃん」の世界』塙新書、一九九二年一月）。どうやら、『坊っちゃん』は佐幕派が明治の時代で再び敗れる物語でもあるようだ。佐幕派への挽歌と言っていいかもしれない。この構図から見えるのは、明治という新しい時代に対する抜きがたい嫌悪感である。

ところが、〈坊っちゃん〉自身が立身出世と決して無縁ではなかったのである。そもそも、兄よりも〈坊っちゃん〉を贔屓にする下女の清は、〈坊っちゃん〉にこんな未来を思い描いていたのだ。

ところがこの女は中々想像の強い女で、あなたはどこが御好き、麹町（こうじまち）ですか麻布（あざぶ）ですか、御庭へぶらんこを御こしらえ遊ばせ、西洋間は一つで沢山（たくさん）ですなどと勝手な計画を独りで並べていた。（一）

これは、みごとなまでの山の手志向である。当時山の手は新時代のエリートの住む場所だった。「麴町」や「麻布」は山の手だったし、清の期待する家は、後に「文化住宅」と呼ばれる、典型的な山の手の住宅だった。明治時代は、全国から優秀な人材を日本の指導者層として東京に集めて、彼らを大名屋敷の跡地である山の手にいわば再配置した時代だった。官庁に近い「麴町」あたりは役人、練兵場のある赤坂、麻布あたりは軍人、その外側の青山あたりは実業家という具合に、かなりはっきりした住み分けがなされていた。だから、立身出世と地名とが結びついたのである。いずれによ、現在の山手線の内側にあたる狭いエリアでの話である。渋谷、代々木ともなればもう郊外だった。

その後、清は世話になっている甥に〈坊っちゃん〉は「今に学校を卒業すると麴町辺へ屋敷を買って役所へ通うのだと吹聴した事もある」と言う。「おれを以て将来立身出世して立派なものになると思い込んで」いるのである。

その頃の東京にとって、下町は江戸時代の面影を残した敗残者の町、山の手は新しい時代に生きる人々の街だったから、「麴町」という地名と役人とを結びつけることのできる清は、新しい時代の立身出世の形をよく知っていたのである。これを山の手志向と呼んでおこう。そして、役人にこそならなかったものの、物理学校（現在の東京理科大学）を卒業し、中学校の教師になった〈坊っちゃん〉もまた、清の期待に応えようとした時期を持ったに違いない。赤シャツによれば「元来中学の教師なぞは社会の上流に位する者」なのだから。事実、当時中学校は全国で約二六〇校、教員数約五一〇〇人、生徒数約一〇万五〇〇〇人である。ちなみに、現在は普通科の高等学校数が全国で約三七〇〇校。赤シャツの言うことも、あながち誇張とは言えないのである。

物理学校は当時から卒業の難しい学校として有名で、規定の三年で卒業できるのは入学者の二、三割しかいなかったと言う（馬場錬成『物理学校　近代史のなかの理科学生』中公新書ラクレ、二〇〇六年三月）。だとすれば、三年できちんと卒業し、校長から就職を斡旋されている〈坊っちゃん〉は優秀な生徒だったことになる。それに、卒業すれば中学校の教師になれる物理学校は、制度上は専門学校ながら、実質的には現在の大学と同じ役割を果たしていたのである。これが〈坊っちゃん〉が夢見た近代である。

〈坊っちゃん〉自身は山の手の出身かもしれない。「江戸っ子」と言えば元来下町の人間を指すのだから、〈坊っちゃん〉は生粋の「江戸っ子」ではない。どうやら、『坊っちゃん』は、山の手出身で近代的な立身出世を願った〈坊っちゃん〉が「江戸っ子」になる物語だと言い直さなければならないようだ。言うまでもなく、「江戸っ子」は佐幕派同様に、明治という時代に取り残された人々だった。『坊っちゃん』は、語り手の〈坊っちゃん〉が松山でたどり着いた「江戸っ子」の位置から語り始められているわけだ。

清の勘違いは、正直者が立身出世すると信じたところにある。しかし、〈坊っちゃん〉が四国から逃げるように東京に帰ってきても、帰ってきたことが嬉しかった。おそらくは武家の家に仕えていた清と、「元は旗本」の家に育った〈坊っちゃん〉は、江戸幕府が「瓦解」したときと、〈坊っちゃん〉が明治という時代に乗り損なって帰ってきたときと、二度負けたのである。物語末尾の「だから清の墓は小日向の養源寺にある」という言葉が心に響く。

『坊っちゃん』がいま中学生の課題図書として生き残っているとしたら、明治時代の中学生がまちがいなくエリートの卵だったことが忘れられて、現在の中学生と重ねられているからにほかならない。『坊っちゃん』が「国民文学」であり続けているのも、山の手エリートが特別な存在だったことが忘れられて、国民の多くが持っている中流意識と重ねられているからにほかならない。

人間関係の中の〈坊っちゃん〉

教材化された『坊っちゃん』の「学習」は似通っているが、『吾輩は猫である』との関わりで、やや毛色の変わった「学習」を引用しておく。

①麻生磯次編『私たちの国語　三』大日本図書株式会社、一九六二年

「学習の手びき」

一　この小説を読んでどこがおもしろいと思ったか話し合ってみましょう。

二　ぼっちゃんの性質について感じたことを話し合いましょう。

三　清はぼっちゃんをどのように思っていたのでしょうか。

四　ユーモアのある表現を指摘しましょう。

五　「なんだかたいへん小さく見えた。」という描写は、この場合どんな効果があるでしょうか。

六　ここに掲げたのは、小説「ぼっちゃん」の冒頭の一節です。できたら全文を読んで感想文を書き、それについて話し合ってみましょう。

注目してほしいのは一と四である。『吾輩は猫である』の「学習」にも「ユーモラス」とか「滑稽」といった言葉があったが、やはりである。日本人に足りないのは「ユーモア」だという思いがよほど強くあったのだろう。「では、ユーモアのある国は悪事を働かなかったのか」と問うなら、答えは「ノー」である。当時でもそのくらいはわかっていたはずなのに、これほど「ユーモア」を強調するのはよほど西洋を理想化し、憧れていたのだろう。もっとも、いまでも日本には「ユーモア」はないと思うが。

「学習」を作るときに、答えが一つに絞れそうな設問の末尾は「考えてみよう」が基本で、注目してほしいが答えは一つに絞れない設問の末尾は「話し合ってみよう」が基本である。この「学習の手引き」に「話し合ってみよう」型が多いのは、文学の授業として節度があると言っておきたい。

五についてコメントしておく。「描写」の使い方がまちがっているとまでは言えないが、微妙である。文学理論で「描写」はハッキリ規定されており、「物語の時間が進行しない記述」のことである。つまり、形容である。「木の葉が赤く染まっている」なら「描写」、「木の葉が赤く染まってく」だと、わずかだが物語の時間が流れるので「記述」とあるべきである。ここは「記述」がよりふさわしかった。また、小説家になるわけでもない中学生に「効果」を問うのも疑問がある。あくまで読者なのだから、「この場合どんな印象を与えるでしょうか」と問うた方がよかったと思う。

次は『坊っちゃん』の「学習」としてもっとも詳しい部類に属するものを引用したい。

②西尾実編『国語 2』筑摩書房、一九六一年

【学習の手引】

一 「坊っちゃん」という題には、どんな意味があるのでしょうか。

二 坊っちゃんは、どんな性質ですか。それが現われているところを取り上げて、話し合ってみましょう。

三 清はどんな人か、なぜ、坊っちゃんが好きだと言っているのか、坊っちゃんは清をどう思っているか、話し合ってみましょう。

四 父や兄は、どんな人間として描かれていますか、話し合ってみましょう。

五 坊っちゃんはなぜ、父にも兄にも、世間の人にも、よく思われないのでしょうか、話し合ってみましょう。

六 最後の、「なんだかたいへん小さく見えた。」は、坊っちゃんのどういう気持ちを表わしていますか。

七 この作品の中で、おもしろいと思った場面をあげてみましょう。

八 この作品を読んで、どういうところに心をひかれたか、感想を書いてみましょう。

入試問題を作成するとき、小説なら物語的ストーリーを決め、評論なら論理的ストーリーを決めて作問する。つまり、解釈を経て作問する。隠されたストーリーがあるわけだ。入試対策でよく「出題者の意図を読み取れ」とアドバイスされるのは、この隠されたストーリーを読みなさいということに

ほかならない。それは教科書の「学習」でも同じである。そこには隠されたストーリーがある。

この「学習の手引き」作成者は、おそらく「清は〈母〉のように優しい人で、〈坊っちゃん〉は乱暴者だが、正直な人物である」と読んでいるのだろう。先に示した研究的な読み方からすれば「誤読」なのだが、当時もいまもこれがむしろ一般的な読み方である。そもそも、こういう読み方が共有されているという前提がなければ、教材化されなかったはずである。そこには、清がそうしたように、「正直な人」を愛してほしい、またそういう人になってほしいという作成者の願いが込められている。

おもしろいのは、「清はどんな人か」と問い、「父や兄は、どんな人間」と問うていることだ。こうして「人」と「人間」と並べてみると、「人間」にやや否定的ニュアンスがあることがわかる。どうやら、「学習の手引き」作成者は「清」が好きで、「父や兄」は嫌いらしい。〈坊っちゃん〉に感情移入して作問したようだ。正確に言うなら、〈坊っちゃん〉が想定している清の〈坊っちゃん〉像に感情移入しているようだ。これは次の設問と関わる。

五は、時代の水準をよく表している。〈坊っちゃん〉が「父にも兄にも、世間の人にも、よく思われない」証拠＝根拠をあげることはできない。〈坊っちゃん〉がそう思っているだけだ。「学習の手引き」作成者はそれを単純に信じてしまったのだ。『坊っちゃん』が一人称語りの小説だということがこの時代には意識されていなかったし、また一人称語りの小説を分析する方法も開発されていなかった。それが作中人物の評価にまで関わってしまったのだ。時代の制約と言うべきか。だから、この「学習の手引き」を責めようとは思わない。ただ、文学理論を知る大切さをよく示した「学習の手引き」だったとは言っておこう。

この設問の意図はよくわかる。研究的読みをしなくても、あるいは知らなくても、〈坊っちゃん〉の対立項を設けなければ〈坊っちゃん〉の姿が立体的・統一的に浮かび上がらないことがわかる。人のアイデンティティは他者に規定されるものだからである。父・兄・世間の三者に「よく思われない」という否定的評価の中に〈坊っちゃん〉のアイデンティティが立ち上がってくる。「乱暴者だけれども正直な青年」である。

この他者たちの中心は「兄」である。新しい時代にふさわしい商業学校〈高等商業専門学校＝現在の一橋大学だと推定されている〉に進学する兄は、赤シャツと重ねられている。それでこそ、〈坊っちゃん〉が、正しい正直者が負ける時代の象徴になり得るのである。四国での出来事が第一章で先取りされているわけだ。この設問には、全編を読まなくても〈坊っちゃん〉のイメージがくっきり浮かび上がる工夫がなされている。

III　帰ってくる物語かもしれない――『草枕』

桃源郷と物語

『草枕』が『新小説』に発表されたのは明治三九年九月だった。日露戦争が終わってちょうど一年後である。ロシアに勝って世界の一等国の仲間入りをしたと、日本が思い込み始めた時代だった。『三四郎』（明治四二年）の広田先生なら日本は「亡びるね」と一言ですませるが、『草枕』はそう単純ではない。「非人情」を求めて現実から逃れた画家が、「人情」を得て帰ってくる物語なのかもしれない。

あまりに有名な冒頭部。

> 山路（やまみち）を登りながら、こう考えた。
> 智に働けば角（かど）が立つ。情（じょう）に棹（さお）させば流される。意地を通せば窮屈だ。兎角（とかく）に人の世は住みにくい。
> 住みにくさが高（こう）じると、安い所へ引き越したくなる。どこへ越しても住みにくいと悟った時、詩が生れて、画（え）が出来る。（一）

「山路を登りながら、こう考えた」。「登りながら」の一句に小説のテーマがみごとに現れている。「この世」から逃れようとしていることがもうわかる。「非人情」を求めて那古井まで世を逃れてきたのは、「生まれて三十余年」になる一人の洋画家である。だから、この画家は那古井に「桃源郷」を見ようとしていた。このことはすでに多くの論者によって指摘されてきた。

彼は画家だからこうも考える。

> 住みにくき世から、住みにくき煩いを引き抜いて、難有い世界をまのあたりに写すのが詩である、画である。あるは音楽と彫刻である。こまかに云えば写さないでもよい。只まのあたりに見れば、そこに詩も生き、歌も湧く。（二）

これはこの画家が「桃源郷」を描くための方法意識であり、芸術論である。「詩」や「画」や「音楽」や「彫刻」といった芸術は、「住みにくき世から、住みにくき煩いを引き抜いて」、すなわち「非人情」の境地によって生まれるというのだ。『草枕』が当時の文学のジャンルとしては写生文であると同時に、画家による芸術論でもあることは改めて確認しておいてよい。この画家は那美のことを知ってからずっと、那美を描くことだけを考え続けているからである。実際、画家はそれが可能だと考えていた。

> 恋はうつくしかろ、孝もうつくしかろ、忠君愛国も結構だろう。然し自身がその局に当れば利

害の旋風に捲き込まれて、うつくしき事にも、結構な事にも、目は眩んでしまう。従ってどこに詩があるか自身には解しかねる。

これがわかる為めには、わかるだけの余裕のある第三者の地位に立たねばならぬ。三者の地位に立てばこそ芝居は観て面白い。小説も見て面白い。芝居を見て面白い人も、小説を読んで面白い人も、自己の利害は棚へ上げている。見たり読んだりする間だけは詩人である。（一）

これは漱石が『草枕』を描いた意図の表明に近かった。『草枕』は漱石の野心作だった。漱石はこう言っている。「普通の小説」が「人生の真相」を描くなら、『草枕』は「美しい感じ」だけを描いた。それは日本はおろか西洋にもまだない小説だと。

漱石自身が『草枕』について語った文章を引いておこう。『草枕』は写生文として書かれ、写生文として読まれただろう。当時の文壇勢力図から言えば、物語の面白さで読ませた硯友社と、人生を描くには醜いものから目を背けてはいけないと説く、明治三〇年代半ばのゾライズム時代以来の自然主義を仮想敵にしていると理解していい。

私の『草枕』は、この世間普通にいふ小説とは全く反対の意味で書いたのである。唯だ一種の感じ――美くしい感じが読者の頭に残りさへすればよい。それ以外に何も特別な目的があるのではない。さればこそ、プロットも無ければ、事件の発展もない。（「余が『草枕』」『文章世界』明治三九年一一月）

茲に、事件の発展がないといふのは、かういふ意味である。——あの『草枕』は、一種変つた妙な観察をする一画工が、たまく一美人に邂逅して、之を観察するのだが、此美人即ち作物の中心となるべき人物は、いつも同じ所に立つてゐて、少しも動かない。それを画工が、或は前から、或は後から、或は左から、或は右からと、種々な方面から観察する、唯だそれだけである。中心となるべき人物が少しも動かぬのだから、其処に事件の発展しようがない。

所が普通の小説ならば、この主人公は甲の地点から乙の地点に移ツて行く、即ち其処に事件の発展がある。此の場合に於ける作者は、第三の地点に立ツて事件の発展して行くのを側面から観察してゐるのだが、『草枕』の場合はこれと正反対で、最中の中心人物は却って動かずに、観察する者の方が動いてゐるのだ。（前出「余が『草枕』」）

漱石は「普通の小説」は「真相」を書くものであって、それには「主人公は甲の地点から乙の地点に移ツて行く」必要があると考えている。さすが当代きっての英文学者だけあって、漱石の「主人公」に関する理解はみごとである。

ロシアがソビエト連邦だったときの文学理論家ロトマンは、「主人公はある領域から別の領域へ移動する」（『文学と文化記号論』磯谷孝編訳、岩波書店、一九七九年一月）と端的に述べている。これは漱石の言う「主人公は甲の地点から乙の地点に移ツて行く」という理解と、表現までそっくりだ。たとえば、NHK朝の「連続テレビ小説」のほとんどは「少女という領域から女という領域へと移動する物語」である。この場合、「ある領域から別の領域へ移動する」ことを、私たちは「主人公は成長した」と解釈するだろう。

ここで漱石が、「主人公」が「動かない」ことと「事件の発展がない」こととを結びつけていることにも注意しておきたい。漱石の言う「事件の発展」は、現在では物語といった方が通りがいいだろう。物語こそが、「主人公」が「ある領域から別の領域へ移動」することを「はじめ」と「終わり」によって区切り、「主人公」が「移動」したことを読者にわかる形に浮かび上がらせる装置だからである。『草枕』が忌避したのは物語だったのである。現実世界は物語に溢れているからだ。桃源郷とは物語のない世界のことだと言ってもいい。それが「非人情」の世界である。

観察は可能か

「余が『草枕』」には「観察」という言葉が何度も出て来る。漱石は『草枕』では、「物語」ではなく「美しい感じ」だけを書こうとしたと言う。問題は、それが「第三の地点に立ツて事件の発展して行くのを側面から観察」するような写生文的な「観察者」に可能かという点にある。

ジョナサン・クレーリー『観察者の系譜　視覚空間の変容とモダニティ』（遠藤知巳訳、十月社、一九九七年一一月）は、この問題を考える上で大きなヒントを与えてくれる。それは、「近代的な観察とは何か」という問いに対する答えである。クレーリーは、「観察者」についておよそ、以下のように述べている。

一八世紀までの「観察者」は肉体さえ持たない純粋な視点であるかのように存在し得たが、一九世紀初頭にパラダイムシフトが起き、それ以降は「観察者」は世界に組み込まれた肉体を持たずにはいられなくなった。「観察」それ自体が社会化されたのである。つまり、一九世紀初頭以降は自立、あるいは孤立した「観察者」は存在し得なくなった。存在するのは、あるいは機能するのは「諸力の多かれ少なかれ強力な布置」によってもたらされた「観察者」の「能力」なのである。その「能力」とはある意味では社会の「能力」そのものなので、「還元不能なほど異種混淆的なシステムの効果」としか説明のしようがない。したがって、一九世紀初頭以降は世界をメタ・レベルから見る純粋な観察者は存在し得ないことになると。

ここに、「物語」ではなく「観察」によって「美しい感じ」だけを書こうとした漱石の『草枕』の目論見が抱えた最大の矛盾がある。では、「観察」してはいるのだが、それが「観察」と読者に感じられなければいいのではないだろうか。言うまでもなく、これは漱石の自作解説を超えた問題設定である。那美さんが「余」が入っていた風呂に入ってきた有名な場面を引用しよう。

> 頸筋（くびすじ）を軽（かろ）く内輪に、双方から責めて、苦もなく肩の方へなだれ落ちた線が、豊かに、丸く折れて、流るる末は五本の指と分れるのであろう。ふっくらと浮く二つの乳の下には、しばし引く波が、又滑（なめ）らかに盛り返して下腹（したはら）の張りを安らかに見せる。張る勢（いきおい）を後ろへ抜いて、勢の尽くるあたりから、分れた肉が平衡を保つ為めに少しく前に傾く。逆に受くる膝頭のこのたびは、立て直して、長きうねりの踵（かかと）につく頃、平たき足が、凡ての葛藤を、二枚の蹠（あしのうら）に安々と始末する。世の中にこれ程錯雑（さくざつ）した配合はない、これ程統一のある配合もない。これ程自然で、これ程柔らかで、これ程抵抗の少い、これ程苦にならぬ輪廓は決して見出（みいだ）せぬ。（七）

よく「観察」していないようなしていないような、奇妙な感じである。画工は古代ギリシヤの裸体が下品なまでに露骨に表現されていると批判している。事実、この直前には「朦朧」という語が見える。この場面では、まさに「朦朧」とした裸体しか浮かび上がらない。これは漱石が用いた言葉の効果である。そして、これが漱石の想定した「美しい感じ」だったのだろう。

日本美術史研究者の佐藤志乃は、西洋化の進む明治の美術界において、伝統的な日本画を「朦朧体」という蔑称で呼んだ時期があったと言う。漱石の『草枕』もその「朦朧体」の一例としてあげられている（『「朦朧」の時代——大観、春草らと近代日本画の成立』人文書院、二〇一三年四月）。『草枕』は反近代の小説と見なされることが一般的だから、美術にも詳しかった漱石が「朦朧体」に棹さしていたとしても不思議ではない。「朦朧体」が近代的な「観察者」を脱臼させたのだ。

しかし、これで問題が解決されたわけではない。佐藤志乃は言っている。「夏目漱石の『草枕』も、日本的な美への回帰と西洋文明への批判を見せながら、世紀末美術の神秘、幻想との出会いを抜きには語れない」と。『草枕』の反近代の裏には、近代がピッタリ貼りついていたのだ。

読書の近代から読書の現代へ

『草枕』が抱えた矛盾を解く鍵は、前田愛『文学テクスト入門』（筑摩書房、一九八八年三月）で論じられた読書論にある。偶然開いたページを漫然と読むという画家の読書法に、那美は納得しない。

「初から読んじゃ、どうして悪るいでしょう」

「初から読まなけりゃならないとすると、仕舞まで読まなけりゃならない訳になりましょう」

「妙な理窟だ事。仕舞まで読んだっていいじゃありませんか」

「無論わるくは、ありませんよ。筋を読む気なら、わたしだって、そうします」

「筋を読まなけりゃ何を読むんです。筋の外に何か読むものがありますか」（九）

「筋」以外に何を読むのかという那美の問いはごく常識的なものだろう。ここで言う「筋」とは物語のことだが、物語は因果関係によって成り立っている。それは、「物語」が「はじめ」と「終わり」を因果関係によって結びつけるからだ。たとえば、「幼いときに重い病を医者に治して貰った」（はじめ＝原因＝動機）→「貧しいなか苦労して医学を学んだ」（物語の中心）→「立派な医者に成長した」（終わり＝結果＝結末）といったようにである。

ただし、読者は小説を読んで一つの因果関係だけを選ぶとは限らない。なぜなら、因果関係とはそもそも恣意的なものでしかないからだ。哲学者の黒崎宏は、因果関係は任意に設定されると論じている。たとえば、地震で家が倒壊した。ところが、その原因は一つには決められないと言うのだ。家が倒壊した原因は「地震のため」と答えることもできるし、「家の造りが弱かったから」と答えることもできるし、あるいは「地球に重力があったから」と答えることさえできるはずなのだ。すなわち「原因」として何を挙げるかは、**客観的**に決まっている訳では**ない**、という事を物語っている。「原因」として何を挙げるかは、基本的には、それに係わる**人間の問題意識**に依存するのである」（太明朝体原文、『ウィトゲンシュタインから道元へ——私説『正法眼蔵』』哲学書房、二〇〇三年三月）。

因果関係はそれを記述する人間の立場に左右される。因果関係は読書によって物語を作り出す読者の解釈に左右されるということだ。したがって、一つの小説からいくつもの物語が作り出されるのである。「小説の読みは十人十色」という状態が生まれるのは、こうした原理によっている。

前田愛は、画家の読書論を次のように意味づけている。

文学読書は、作者の意図と覚しきものへ限りなく接近して行かなければならない生真面目な苦行ではなく、ひとつのテクストからも無限に多様な意味を生産することが可能なたわむれの自由として考えられるようになったのだ。あるいは、時間軸にそった直線的読書のいたるところに裂け目を入れ、流動し生成する意味の織物に編成しなおすことが要請される。

歴史も一つの物語だが、因果関係が導入されない限り物語としての記述は困難だ。このことは、もはや常識と言っていいだろうか。岡田英弘は「直進する時間の観念と、時間を管理する技術、文字で記録をつくる技術と、ものごとの因果関係の思想」が「歴史」を成立させる用件だとしている（『歴史とはなにか』文春新書、二〇〇一年二月）。そして、これらの条件を備えたのが近代という時代だと言う。これが近代であるなら、「筋」＝物語＝因果関係を忌避する画工の読書論は、読書の近代を読書の現代に開こうとしているのではないだろうか。画家の読書論に結びつけるなら、「非人情」とは読書の現代のことだと言えよう。

『草枕』から、近代批判としてよく知られた一節を引いておこう。

汽車の見える所を現実世界と云う。汽車程二十世紀の文明を代表するものはあるまい。何百と云う人間を同じ箱へ詰めて轟と通る。情け容赦はない。詰め込まれた人間は皆同程度の速力で、同一の停車場へとまってそうして、同様に蒸滊の恩沢に浴さねばならぬ。人は汽車へ乗ると云う。余は積み込まれると云う。人は汽車で行くと云う。余は運搬されると云う。汽車程個性を軽蔑したものはない。文明はあらゆる限りの手段をつくして、個性を発達せしめたる後、あらゆる限りの方法によってこの個性を踏み付け様とする。

しかし、個性を閉じ込める文明という「鉄柵」は崩壊寸前で、「個人の革命は今既に日夜に起りつつある」と言うのだ。画家はそれを見ないで、この「美しいという感じ」の物語（！）を終われるだろうか。『草枕』の最後、動き始めた汽車の窓から那美の別れた夫が顔を出した場面。

那美さんは茫然として、行く汽車を見送る。その茫然のうちには不思議にも今までかつて見た事のない「憐れ」が一面に浮いている。

「それだ！　それだ！　それが出れば画になりますよ」
と余は那美さんの肩を叩きながら小声に云った。余が胸中の画面はこの咄嗟の際に成就したのである。（十二）

この結末部の解釈は、小説全体の解釈と関わるから難しい。はじめに書いたように、この「憐れ」は「人情」の現れであるように読める。しかし、画家が求めていたのは「非人情」だった。だとすればこの汽車批判の文脈に即して、これを「非人情」という名の「個人の革命」と呼ぶべきではないだろうか。逆に言えば、近代では「個性」の「発展」ではなく「非人情」という形でしか「個人の革命」は成立し得ないのだと。しかもそれは「胸中の画面」の出来事でしかない。不可能と言っているのとほとんど変わらない。それを書いたから「美しいという感じ」だけがするのだ。

人生論・芸術論・文明論

『草枕』は一九五〇年代は高校国語の教材であって、一九六〇年代からしだいに中学国語教材になって、そして消えていく。

はじめに戦後のごく早い時期の「学習」を引用しておきたい。

①能勢朝次編『高等国語　三上』大修館書店、一九五二年

〈学習のために〉

一　この作品の主題は何か。

二　分析して構成を調べてみよ。

三　この作品のユーモラスな表現を味わおう。

四　この作品に表わされた人生観を批判して話しあおう。

五　文章の特徴を考えよ。
六　漱石の他の作品を読んで味わい、作風を調べよう。

まだ旧制高校的なレベルの尻尾を感じさせる「学習」である。旧制高校では『草枕』はいわば美文の見本として教材化されていたようなところがある。それが戦後になって内容を学ぶようになったのである。やはり『草枕』でも「ユーモラス」なのかと長嘆息せざるを得ない。これは漱石作品と言えば『吾輩は猫である』、『坊っちゃん』、『草枕』が中心で、後期の深刻な小説がまだ主流になっていなかったからでもある。

驚かされるのは「四　この作品に表わされた人生観を批判して話しあおう。」だ。「批判」ときた。いまの教科書編集の常識からすれば、そもそも「批判」しなければならないような文章は教材化しない。まるで日本の中学生が批判的に答える記述問題がまったくできなくて問題化したPISAの国語のようだ。この時期には批判的精神を育てる教育がなされていたのだろうか。たぶんちがう。『草枕』の画工の「人生観」を現実逃避と見て、〈これからの時代はそれではいけない〉と話し合わせようとしたのではないだろうか。「山路を登りながら、こう考えた」のではいけないのだ。「山路を下りながら、こう考えた」でなければならなかったのだ、たぶん。こう想像する理由は、次の教科書の「学習」に示されている。

次は、同じ時期ながら、まったく違った「学習」を引用しよう。

②山岸徳平ほか編『総合　新高等国語　三年全』教育図書研究会、一九五二年

【研究の手引】

○漱石の人生観、芸術観について考えてみよう。
○漱石の自然観照の態度を考えよう。
○漱石のいう「非人情」の意味を明らかにしよう。
○「草枕」の意図を考えてみよう。
○この作品の叙述の特徴を調べよう。
○「草枕」において内面的思索の叙述と外面描写とがどう展開しているか、各段落を追って調べてみよう。
○漱石の文芸は一時、余裕派とか低徊(ていかい)趣味とか言われたが、この作品のどこにそういう点があるか考えてみよう。
○草枕の全文を読んでみよう。

実に詳しい作品分析を高校生に求めていることがわかる。これがこの時期の高校進学率五〇パーセントの意味である。まだエリートかそれに近い存在だったのだ。

①の「学習」との決定的なちがいは、作品中の「余」(=画家)を漱石その人と捉えていることだろう。繰り返される「漱石の」という言葉がそれを示している。おそらく①の「学習」は「余」と漱石とを同一視していない。だから、「**この作品に表わされた人生観を批判**」的に見ることを求められ

たのである。しかし、②の「学習」は「余」と漱石を同一視しているから、『草枕』のと言うよりも、漱石の人生観、芸術観、自然観照を問う。①は②の言う「余裕派とか低徊趣味」を「余」のそれだと理解して「批判」せよと言っており、②は漱石の思想だと理解しているから、それを考えさせようとするのだ。

①の「批判」は高級だし、②の「**内面的思索の叙述と外面描写とがどう展開しているか**」という問いも、人間の内面と外面との乖離と一致とを前提としているから、とても高級だ。しかし、①と②のどちらがレベルが高いとか低いとかいうことではない。①は『草枕』が一人称小説であることを踏まえており、②はそうではない。一人称小説の理解のちがいが、「学習」の質を決めていることに注意しておきたいのである。

最後に、現代風の「学習」を引用しておきたい。

③岡崎義恵編『国語　三　中学校用総合』日本書院、一九五八年

【学習のために】

一、この文章には、人間や人生というものに対する考え方や、また、芸術というものに対する考え方がところどころに出てくる。その部分をあげてみよう。

二、漱石は、芸術家というものは、どういう天職を持つものと考えているのだろうか。この文章をよく読んで説明してみよう。

三、漱石は、この文章の中で、西洋の詩と東洋の詩とを取り上げて比較しているが、その違いを、どのように説明しているだろうか、考えてみよう。
四、この文章には、「非人情」ということばがあるが、「不人情」ということばと、どう違うだろうか。文章をよく読んで話し合ってみよう。
五、このような漱石の考え方についてどう思うか、いろいろ話し合ってみよう。

中学国語ということもあるが、とても丁寧な「学習」で、この一から三までを考えれば、『草枕』冒頭部の基本的な理解はできたことになる。それを踏まえて、四と五がある。「学習」の「考えてみよう」は答えを一つに絞れると想定した問いかけである。一方、「話し合ってみよう」は多様な答えを想定した問いかけである。つまり、一から三までを踏まえれば、四では「非人情」と「不人情」とについて様々に議論してよいし、五では「漱石の考え方」について「批判」してもいいはずだ。その意味で、③は①と②とを合わせたような「学習」になっている。

こうして戦後期の「学習」を追ってみると、「話し合ってみよう」の深みがわかってくる。そこには民主主義の根幹がある。

IV 漱石の心が見えるかもしれない――『夢十夜』

文明批評から恋へ

　国語教科書に収録された漱石作品には変遷がある。戦前は、『吾輩は猫である』、『草枕』、『漾虚集』に収められた諸編、『虞美人草』など初期の作品に限られていた。軍国主義が高まるなかしだいに文学教材が消えていくが、戦後になって『三四郎』、『それから』、『こころ』のほか、『現代日本の開化』、『私の個人主義』などの講演が収められるようになる。そのなかで、『夢十夜』は戦前から戦後にかけて収められ続けた数少ない作品である（関口安義「漱石と教科書」『別冊國文學　夏目漱石必携Ⅱ』学燈社、一九八二年五月）。

　ただし、戦後初期の『夢十夜』は「第一夜」と「第六夜」が中心だが、ほかに「第四夜」、「第八夜」、「第十夜」なども収録されていた。しだいに「第一夜」と「第六夜」だけになっていった。しかし、「第一夜」を教えるのは難しいかもしれない。その「学習」を見ると、たしかに難しいし、とうてい答えが一つにまとまらないだろうと思うような問いが並んでいる。

　それらを見る前に、第一章で「第一夜」と「第六夜」の読み方はすでに示してあるので、全体から漱石の心を覗き込んでみようと思う。夢だからではない。『夢十夜』はあくまで「夢」の形をした文学作品である。ところが、一〇の「夢」の形をした作品に漱石文学の特徴がよく現れているのだ。それはもしかしたら「夢」の形をした文学作品を書く漱石が、つい自分の心を覗き込んでしまったからかもしれない。

全作品の梗概は巻末に収めたが、『夢十夜』(明治四一年七月二五日〜八月五日)を参照する便宜を考えてここに引用しておこう。

時間と空間と自己と他者

『夢十夜』は時間と空間の物語である。これをアイデンティティの問題に置き換えるなら、時間的な自己同一性と他者との関係的な自己同一性の問題となる。漱石文学の男性主人公は時間的自己に閉じこもり、他者との関係を構築できない人物ばかりである。この心性が『夢十夜』の物語に投影されているのではないかというのが一つの仮説である。ただし、物語としては自己と他者ではなく、あくまでも時間と空間であって、結論を言うなら、『夢十夜』とは時間的には他界に行けるが、空間的には他界に行けない物語群だと言っていい。

以下、すべての「夜」を見ていこう。

「第一夜」

女が、私が死んだら埋めて、星の破片(かけ)を墓標にして百年待ってくれと言う。欺(だま)されたのではないかと思ったその時、目の前で百合が咲いて、百年が来たのだと気づいた——。

横たわっている女が静かな声で「もう死にます」と言う。その女の目は「大きな潤のある眼で、長い睫に包まれた中は、只一面に真黒であった」。女が死にそうには見えない男が、「私の顔が見えるかい」と聞くと、女は「そら、そこに、写ってるじゃありませんか」と答えた。この「そこ」とは女の瞳以外ではありえない。女の瞳はあたかも水鏡のようだ。

ところが、女はたとえば『鏡の国のアリス』のようには、水鏡のこちら側=他界に来て下さいとは言わない。「百年待って下さい」と言うのだ。男は目の前に現れた白百合を女だと信じて「百年はもう来ていたんだな」と思う。男は百年かけて他界に行けたのだ。つまり、「第一夜」は時間的には他界に行けるが、空間的には他界に行けない物語なのである。

「第二夜」

座禅を組みに行くと、悟れぬなら侍ではないと言われる。時計が次の刻を打つまでに悟って和尚の首を取ろうと思うが悟れない。その時、時計が鳴り始めた——。

侍は「置き時計が次の刻を打つまでには、きっと悟って」、「無」の境地になって、そして「悟った上で、今夜又入室」して「和尚の首と悟りと引替に」しようと思っている。

座禅を組んで無の境地になるためには、外界を遮断するために目をつぶることが前提である。ところが、全伽を組んだ侍はよく見てしまう。

懸物が見える。行燈が見える。畳が見える。和尚の薬罐頭がありありと見える。鰐口を開いて嘲笑った声まで聞える。怪しからん坊主だ。どうしてもあの薬罐を首にしなくてはならん。悟ってやる。無だ、無だと舌の根で念じた。無だと云うのにやっぱり線香の香がした。何だ線香の癖に。

侍はむしろすべての感覚を研ぎ澄まして、想像もふくめて周囲のものを見てしまう。これではとても悟れそうにないが、この分析の枠組みから言うなら、自己の空間的拡大と言っていいだろう。『夢十夜』は空間的には他界に行けない物語だった。

では、時間的にはどうだろうか。

ところへ忽然隣座敷の時計がチーンと鳴り始めた。

はっと思った。右の手をすぐ短刀に掛けた。時計が二つ目をチーンと打った。

確認すれば、侍は「置き時計が次の刻を打つまでには、きっと悟」るつもりだった。ところが、時計は「鳴り始めた」のであり、「二つ目をチーンと打った」のだった。これは「次の刻を打」ったのだろうか。

侍は悟ったのだろうか、悟らなかったのだろうか。この分析の枠組みから問うなら、「この時計が永遠に鳴り続けたら?」、あるいは「この時計が百回鳴ったら?」でなければならない。侍は悟らなかったと言い切れないのは、おそらく読者がこの問いを問うてしまい、悟ったという潜在的可能性を感じるからだろう。ここに働いているのは、『夢十夜』は時間的には他界に行ける物語という力学である。

> 「第三夜」
> 六歳の盲目の息子をおぶって歩いていると、杉の根の処で、百年前に此処（ここ）で俺を殺したねと言う。そうだったと思った途端、子供が石のように重くなった——。

実に気味の悪い物語である。その「魅力」に触れたいところだが、この分析の枠組みからだけ触れておこう。

男がおぶったこの六歳になる自分の子供＝「小僧」は、これから起きることを何もかも知っているように先回りして、男に話しかける。男は気味が悪くなり、早く捨ててしまわなければと思う。

> 雨は最先（さっき）から降っている。路はだんだん暗くなる。殆（ほと）んど夢中である。只脊中に小さい小僧が食付（くっつ）いていて、その小僧が自分の過去、現在、未来を悉（ことごと）く照して、寸分の事実も洩らさない鏡の様に光っている。しかもそれが自分の子である。そうして盲目（めくら）である。自分は堪（たま）らなくなった。

「鏡」という比喩に注目したい。言うまでもなく、「鏡」は平面的なもので、空間を映し出す。『鏡の国のアリス』のようには、男は「鏡」の世界に行かない。それがここでは「鏡」は「自分の過去、現在、未来を悉く照」す時間の比喩として語られているのである。そこに「第三夜」の仕掛けがある。二人は「杉の根」のあるところまで歩く。


「御父さん、その杉の根の処だったね」

「うん、そうだ」と思わず答えてしまった。

「文化五年辰年だろう」

成程文化五年辰年らしく思われた。

「御前がおれを殺したのは今から丁度百年前だね」

自分はこの言葉を聞くや否や、今から百年前文化五年の辰年のこんな闇の晩に、この杉の根で、一人の盲目を殺したと云う自覚が、忽然として頭の中に起った。おれは人殺であったんだなと始めて気が附いた途端に、脊中の子が急に石地蔵の様に重くなった。


これですべてわかった。二人は「杉の根」までの距離を空間的に歩いていたのではなく、「百年前」に向けて時間を写す「鏡」の中を歩いていたのだった。だから、男は百年前という他界に行けた（行ってしまった）のだ。そこで、不幸にも「人殺」という自己の時間的なアイデンティティを得た（得ることができた）のだ。

「第四夜」
自分の年を忘れ、家は臍の奥だと言う爺さんが、手拭の周囲に描いた輪の上を笛を吹いて廻りながら、そして、手拭が蛇になると唄いながら、河を渡って行ってしまった――。

「第四夜」も「第三夜」と同じ構造を持っている。時間を空間化した物語、誕生から死までの時間を、飲み屋から河原までの空間的な移動に転移した物語である。

飲み屋で「爺さん」が酒を飲んでいる。神さんが「御爺さんは幾年かね」と聞くが、「幾年か忘れたよ」と言うばかり。「御爺さんの家は何処かね」と聞くと、「臍の奥だよ」と答える。「どこへ行くかね」と聞くと、「あっちへ行くよ」と言って、吹いた息が「河原の方へ真直に行った」。

このやりとりで、もうすべてわかる。「臍の奥」は胎内の比喩だろう。だとすれば、「爺さん」は自分の「家」を胎内という場所として、同時に生まれる前という時間として答えたことになる。以後、彼は自分の行き先を、「真直」という空間的な指示と、「今になる」という時間的な指示で答える。「爺さん」は地面に「手拭」を「肝心綯の様に綯って、」周囲に「大きな丸い輪」を描いて、「その手拭が蛇になる」と言う。「大きな丸い輪」は子宮を、「手拭」は胎児を比喩しているだろうから、「手拭が蛇になる」のは誕生を意味している。つまり「爺さん」は生から死までの時間を、胎内から入水（河への）までという空間的な移動として演じている。だから、「自分」がいくら待っても、「爺さん」は河から上がって来ないのだ。

こうした比喩の見立ては『夢十夜』全体の構造――時間的には他界に行けるが、空間的には他界に行けない——という枠組みに寄り添ったものだ。他の枠組みから読めば、ちがった比喩に見立てることができるだろう。

「第五夜」
捕虜になった自分が、死ぬ前に一目思う女に逢いたいと頼むと、敵の大将は鶏が鳴くまで待つと言う。裸馬に乗って急ぐ女に天探女が鶏の声を聞かせ、女は谷に落ちてしまった——。

「第五夜」では「虜」となった「自分」に死があらかじめ与えられており、その死をめぐって時間と空間とがせめぎあう物語である。捕虜となった「自分」には「鶏が鳴くまで」の時間的な課題があり、恋する女性はその間に「裏の楢の木」から男の捕らえられているところまで馬で駆けつけなければならないという空間的課題がある。間に合うのか、間に合わないのか。これが物語を読む読者のテーマだろう。しかし、『夢十夜』の文法＝構造に従うなら、「自分」は他界へ行けるのか行けないのかがテーマとなる。

すると真闇な道の傍で、忽ちこけこっこうと云う鶏の声がした。女は身を空様に、両手に握った手綱をうんと控えた。馬は前足の蹄を堅い岩の上に発矢と刻み込んだ。

こけこっこうと鶏がまた一声鳴いた。

女はあっと云って、緊めた手綱を一度に緩めた。馬は諸膝を折る。乗った人と共に真向へ前へのめった。岩の下は深い淵であった。

鶏が二度鳴くのは、「第二夜」の時計が二度鳴るのと酷似している。しかし、「第二夜」の時計は一度しか鳴らないのと二度鳴るのとでは意味がまったく違ってくるが、「第五夜」の鶏は何度鳴いても間に合わなかったことになる。ここで二人の時間は終わる。男は時間的存在であり続け、女は空間的存在であり続ける。だから、二人の時間が終われば他界へは行けない。いや、女は崖下に落ち、男は首をはねられたのではなかったか。

不思議なことがある。

この蹄の痕の岩に刻みつけられている間、天探女は自分の敵である。

そもそも冒頭の記述――「その頃は」、「その頃髪剃と云うものは無論なかった」――などを読むとこの語り手は一体どの時代にいるのだろうかといぶかしく思われる。そして、いま引用した最後の一文。この語り手は男だ。男は語り手としていまも生きているのではないだろうか、たとえば他界で。

「第六夜」

護国寺の山門で運慶が仁王を彫っている。木の中から掘り出すのだと見物人が言う。早速やってみたが、自分にはできなかった。明治の木には仁王は埋まっていなかったのだ――。

護国寺の山門は言うまでもなく、境界領域である。山門あたりを見回した「自分」は「鎌倉時代とも思われる」と語り、「見ているものは、みんな自分と同じく、明治の人間である」とも思っている。山門では鎌倉時代と明治時代が交錯している。どうやら、鎌倉時代の運慶を明治の人々が見物に来ているようだ。末尾はこうなっている。

遂に明治の木には到底仁王は埋(うま)っていないものだと悟った。それで運慶が今日まで生きている理由も略(ほぼ)解った。

「自分」は明治の時代に帰ってきた。そして仁王が彫れなかった。つまりは、他界に行けなかったのだ。『夢十夜』の文法=構造に従うなら、護国寺から自分の家(うち)まで歩いて帰ったのでは、つまり空間的移動では他界へは行けないのだ。

「第七夜」
行先の知れない船に乗っているのが心細くなった自分は、ある晩ついに海に身を投げた。そのとたん、無限の後悔と恐怖を抱いたが、そのまま静かに黒い海に落ちて行った――。

「第七夜」は空間の無限に耐えられなくなった男の恐怖心を描いた物語である。

「大きな船」に乗った「自分」は「何処へ行くんだか分らない」。目的地がわからなければ、時間は無限に感じられるだろう。しかも船を追い抜いていく船に「決して追附かない」。

これに船の客との関係が重なる。はじめに「異人」を見たときには「悲しいのは自分ばかりではない」のだと気付く。次に見た「異人」とは話が嚙み合わない。三番目に出会った乗客には無視されている。「自分」と他の乗客との関係は次第に疎遠になっていくのだ。『夢十夜』の文法に従えば、これは空間的なテーマである。人間関係も無限という比喩に近づいているわけだ。すなわち、他界は抽象化された他者であり、他者は身体化された他界である。

「自分」は空間に対する恐怖と、他者からの疎外感から身を投げたのだろう。しかし、「自分」は海に落ちることさえできない。やはり、空間的には他界に行けないのだ。

> 「第八夜」
> 床屋の鏡にはいろいろなものが映る。床屋は金魚売を見たかと言い、どういうわけか帳場の女はいつまでも百枚の十円札を数えている。外へ出ると、例の金魚売がじっとしていた――。

「第八夜」は「自分」が鏡の世界＝他界に行く物語である。しかし、言うまでもなく鏡は空間的な他界である。『夢十夜』の文法では、空間的な他界へは行けないはずだった。「第八夜」も「第一夜」同様に、空間的な他界を時間的な他界へ変容させる仕掛けがある。

自分はあるたけの視力で鏡の角を覗き込む様にして見た。すると帳場格子のうちに、いつの間にか一人の女が坐っている。色の浅黒い眉毛の濃い大柄な女で、髪を銀杏返しに結って、黒繻子の半襟の掛った素袷で、立膝のまま、札の勘定をしている。札は十円札らしい。女は長い睫を伏せて薄い唇を結んで一生懸命に、札の数を読んでいるが、その読み方がいかにも早い。しかも札の数はどこまで行っても尽きる様子がない。膝の上に乗っているのは高々百枚位だが、その百枚がいつまで勘定しても百枚である。

もうおわかりだと思う。仕掛けは百枚の札であり、それが「いつまで勘定しても百枚」であることにある。文学的に百が永遠の比喩であることはわかりやすい。これで「自分」は他界に行くことができた。実際、床屋の外に出てみると、そこはすべての動きが止まった世界だった。「自分」は時間的な永遠を頼りに、鏡の世界＝他界に行ったのである。

「第九夜」

三歳になる子供を持つ若い母が、何処かへ行った父を待って毎日御百度を踏んでいる。しかし、その父はとっくに死んでいた。こんな悲しい話を夢の中で母から聞いた――。

「第九夜」は空間を時間化する物語に見えるが、失敗しているようだ。

おそらくは戦に行った侍の父親について、母親は子供に「御父様は」と問う。はじめ「あっち」と空間的な言葉で答えていた子供は、しだいに「今に」という時間的な言葉でしか答えなくなる。しかも、母親は御百度を踏む。御百度は回数と考えれば時間であり、その境内で決められた距離と考えれば空間でもある。

永遠の数字「百」があるのに、なぜこの母子は他界に行けないのだろうか。それは、御百度が他界へ行く儀式ではなく、生への祈願だからである。生への強い執着から見た他界は、時間や空間の広がりを持たない死そのものとして現れるほかないのだ。

「第十夜」
女が庄太郎に絶壁から飛び込まなければ豚に舐められますと言う。豚を次々とステッキで叩いたが、ついに舐められて気絶した。庄太郎は助かるまい。パナマの帽子は健さんのものだろう――。

「第十夜」も他界を空間的無限から時間的無限に変換する物語だ。事実、「庄太郎は助かるまい」。庄太郎と一緒に電車で山に行った女は、絶壁から「此処(ここ)から飛び込んで御覧なさい」と言った。庄太郎が躊躇していると、女は「もし思い切って飛び込まなければ、豚に舐(な)められますが好う御座んすか」と聞いた。庄太郎は、豚と雲右衛門(明治四〇年代の浪花節ブームの立て役者・桃中軒雲右衛門)が大嫌(だいきらい)だったが、命が惜しくて躊躇っていた。

そこに豚が一匹鼻を鳴らしながらやって来たので、ステッキで鼻頭(はなづら)を打つと、絶壁(きりぎし)の下に落ちて行った。ところが、豚は次から次に無限にやってくる。絶壁(きりぎし)という空間は無限にやってくる豚へと時間的に変換されている。それで「庄太郎は助かるまい」となる。物語の構造上はめでたしめでたしだ。しかし、『夢十夜』の主人公たちにとって他界は彼らの外からやってくるのに対して、庄太郎はちがっている。女が絶壁から飛び込めと言うことと豚に舐められることは等価ではない。庄太郎は、豚に舐められると死ぬという、自分自身の観念故に死ぬ運命に陥っているからである。「第十夜」に至って、主人公は自己の内部に他界を引き入れているようだ。

こうして『夢十夜』の文法＝構造を取り出してみると、ほかならぬ漱石の他者への希求が感じられるようだ。いま「そこ」へは行けないが、いつかは行きます、と。

改めて確認するなら、これは漱石文学の展開を先取りしているようだ。漱石文学の主人公たちは、自我の空虚感に苦悩する一方、他者を受け入れられないことにも苦悩する。特に、後期三部作（『彼岸過迄』『行人』『こころ』）にその傾向が顕著だ。彼らの中で、他者への意識がいつの間にか自己への意識に転移してしまうのである。

ところが『道草』『明暗』に至ると、主人公の意識はむしろ過剰なまでに他者への意識に振り回される。「第十夜」は他者への否定的な感情と肯定したい感情とが、他者への不可能性と可能性との間で揺れているように見えてくる。『夢十夜』は漱石の夢ではないだろうが、漱石の心の中を覗き見ることができる重要な作品だと思う。

「自分」とは誰か

はじめに昭和四〇年代の、かなり特色のある教科書を取り上げよう。

特色の第一は「第一夜」、「第四夜」、「第六夜」、「第七夜」と四作品も収録している点である。他には「新国語3」（三省堂、一九八〇年）が、「第一夜」、「第六夜」、「第七夜」、「第八夜」、「第十夜」の五作品を収録しており、これがもっとも多いようだ。特色の第二は「学習の手引き」では設問で「自分の気持ち」が問われている点である。おそらく、この問いが成り立つ作品が収録の基準ではなかっただろうか。

①西尾実・臼井吉見・木下順二他編『現代国語　一』筑摩書房、一九七八年

【予習ノート】

一　四つの話を読んで、おもしろいと思ったこと、表現がすぐれていると感じたところなどをメモしておこう。

二　それぞれの話について、次の点をマークしておこう。

㋐登場人物（「女」「じいさん」「運慶」など）の描かれ方で、その特徴が強く感じられる部分はどこか。

㋑また、「自分」の気持ちはどのように述べられているか。そのよううかがわれる部分はどこか。

三　四つの話に共通している特色として、気づいた点があったら、メモしておこう。できたら、『夢十夜』の他の話も読んでみよう。

四　四つの話のうちで、めいめいの一番好きなものについて、読後感想を四百字程度の文章にまとめてみよう。

【学習の手引き】

一　四つの話について、めいめいの好きなものをあげて、どんな点に心ひかれたか、気軽に話し合ってみよう。

二　それぞれの話について、次の点をめぐって、話し合いを深めよう。

㋐　第一夜の夢で、死んでいく「女」はどんなイメージで描かれているか。また百年も待っている「自分」の気持ちはどうか。

㋑　第四夜の夢で、「じいさん」はどんなイメージで描かれているか。また、手ぬぐいが蛇になるのを期待している「自分」の気持ちはどうか。

㋒　第六夜の夢で、彫刻している「運慶」の姿はどのように描かれているか。また、「ついに明治の木にはとうてい仁王は埋まっていないものだと悟った。」という「自分」の気持ちはどうか。

㋓　第七夜の夢で、船客の様子はどのように描かれているか。また「無限の後悔と恐怖とを抱いて黒い波のほうへ静かに落ちていった。」という「自分」の気持ちはどうか。

三　それぞれの話の主題について考え、共通する点があったら話し合ってみよう。

四　この小説の表現や文体について、特色として気づいた点があったら、具体例を挙げて話し合ってみよう。

五　「予習ノート四」でまとめた読後感想に手を入れて、文章にまとめ、発表してみよう。

いま引用したのは改訂検定版の方で、この教科書がはじめに刊行されたのは一九七二年である。奥付の委員一覧を見ても、年齢から言って当然だが、戦前から活動していた人たちである。「学習の手引き」の素案はどの会社でも編集部が作成するのが一般的だが、それにしても洗練されていない。だから、編集の思いがよく伝わってくる。

「予習ノート」は、高度経済成長期に入って高等学校進学率が急速に上昇し、高校生がエリートでなくなった現実に対応するための工夫だろうか。「学習の手引き」の下ごしらえの意味合いがあるようだが、「予習ノート」と「学習の手引き」とで重なる課題が多く、「予習ノート」で何がどこまで求められているのか、生徒は困惑したのではないだろうか。

「学習の手引き」で「気軽に話し合ってみよう」とか「話し合いを深めよう」とあるのは、自分の意見が言えるようになって、だから自分の意見をしっかり持つことが求められるようにもなった戦後民主主義の反映だろう。「学習の手引き」の二がすべて「「自分」の気持ちはどうか」となっているのも、大げさにいえば、自分の意見を言ってはいけなかった戦前の日本人のあり方を変えるために、まず「「自分」の気持ち」に自ら意識的になることから始めさせたいという思いが感じられる。

ちなみに、現代社会では、ふつう気持ちとその人が置かれた環境には因果関係があると考えることになっている。内面と因果関係はどういう具合に接続するのだろうか。

私たちの内面には自分では「言葉にできない何か」があるが、その得体の知れない「何か」が自己を自己たらしめている。もちろん、ふだん私たちはこのことには気づかない。正確に言えば、気づかないように処理している。現実社会に「言葉にできない何か」があふれかえっていたのでは、落ち着いて生活できないからである。これが、言葉になっていない「何か」に言葉を与える理由だ。

たとえばある事件が起きて、犯人が捕まって裁判が始まったとしよう。裁判では、犯罪がどのような動機で行われたのかをしつこく追究する。今後の犯罪の防止につながるという建前のもとにである。「警察は動機の解明に全力を挙げています」というわけだ。しかし、それは本当は「言葉にできない何か」に言葉を与える儀式なのではないだろうか。

どうしても動機が言葉にできなければ、「動機なき犯罪」という言葉を与えてわかったようなふりをする。そうまでして「言葉にできない何か」を社会に回収する、すなわち社会にふつうに通用する言葉を与えて位置づけるのが、近代社会を生きていくための掟なのだ。

犯罪の動機（原因）は、現実社会とはまったく無関係な完全に内的なものではないと考えられているから、裁判ではその動機を探るのである。仮に動機が完全に内的なものだとしたら、それには狂気という言葉を与えることになるだろう。そこでプライバシーを暴いて、過去の生い立ちに遡ってまで動機を探ろうとする。動機は個人の外からやってくると考えられているからである。

ここには、原因（犯人に関わる現実の社会で起きた出来事）と結果（犯罪）という因果関係がある。こうして、動機と社会とが手を組むことになる。人々は現実社会に原因があり、それがある個人の内面に作用して動機となって犯罪に及んだのだと理解する。犯罪が社会に回収された瞬間だ。すなわち、物語が成立した瞬間だ。

したがって、「「自分」の気持ち」に意識的になることは、「言葉にできない何か」に言葉を与えることだ。その時に因果関係が働く。物語の中の出来事をまとめて、それが「自分」の気持ち（結果）

の原因であるように因果関係をつけて書けば、それがおそらく「答え」になる。「これこれこういうことがあったから、悲しい気持ちになった」のように。これが国語のルールだ。

四作品ともに「描かれ方」について繰り返し問うていることも注目に値する。この問いからは離れるが、「第一夜」の百合が女の化身＝女の再来のように読むとすれば、それは「すらりと揺らぐ」や「心持首を傾けて」など百合が擬人化されているからであって、「百合が逢いに来た。女は来ない」（松元季久代『夢十夜』第一夜：字義的意味の蘇生」『日本文学』一九八七年八月）という論もある。読者はなにつけイメージ化して読むわけだが、イメージは「描かれ方」に大きく左右される。文学作品の読み方の基本へ注意を向けたいのだろう。

「四つの話に共通している特色」（予習ノート）や「共通する点」（学習の手引き）も両方で問われている。『夢十夜』全体の構造についてはすでに論じたが、ちがった物語から同じ（共通した）要素を見つけ出すのは、高級な小説の読み方である。問いのあり方は細かいが、かなり高級な「学習の手引き」である。

次に、「第一夜」と「第六夜」の二作品収録という、ある時期のスタンダードとなったパターンの中で、問いがもっとも詳しいものをあげておこう。

②『高等学校　国語総合　現代文編』三省堂、二〇一三年

【学習の手引き】

第一夜

一　「こんな夢をみた。」とあるが、夢の話らしい点をあげてみよう。

二　「百年はもう来ていたんだな。」とあるが、「自分」がこう思うのはなぜか、説明してみよう。

三　「百年」はどのような意味をもつのだろうか。考えてみよう。

四　女は「自分」にとってどのような存在なのだろうか。話し合ってみよう。

第六夜

一　「第六夜」を読んで、夢の話らしい点をあげてみよう。

二　木を彫りすすめるうちに、「自分」の考えはどのように変わっていったか、整理してみよう。

三　「ついに明治の木にはとうてい仁王は埋まっていないものだと悟った。」とあるが、「自分」は何をどのように悟ったと考えられるか。話し合ってみよう。

四　「それで運慶が今日まで生きている理由もほぼわかった。」とあるが、その「理由」を「自分」はどのように考えているのだろうか。話し合ってみよう。

どちらの作品に関しても、「夢の話らしい点をあげてみよう」という設問がはじめに置かれている。この問いは、先にあげた教科書の「描かれ方」への問いに通じるものがある。おそらく『夢十

夜』研究も踏まえていて、藤森清「夢の言説◆「夢十夜」の語り」(『語りの近代』有精堂、一九九六年四月)が鮮やかな答えを出している。藤森清は、『夢十夜』が夢らしく読める理由を二つあげている。

一つは「このテクストの語りが物語の規則に余って持つもの、ないしは足りないものこそ、このテクストが創りだそうとしている〈夢らしさ〉の正体」であって、それは「物語のテクストとしてのほころび目」に現れているという。

それが特徴的に現れるのは、語っているはずの「自分」の他に語り手がいることだ。「第一夜」ならば、物語は女の預言と言ってもいいような言葉通りに物語が展開する。すなわち、「物語内容の当事者にみえる女が物語の絶対的な語り手であり、その語りの実現されるさまを一人称の報告者である「自分」が報告している」ことが、「第一夜」に「夢らしさ」を与えているというのだ。

もう一つは、現実に起こりそうにないこと。「第一夜」からも「第六夜」からもいくらでも拾い上げることができる。

「「百年はもう来ていたんだな。」とあるが、「自分」がこう思うのはなぜか、説明してみよう」。「第一夜」に関しては一番は話し合いが盛り上がりそうな問いである。

答えはいくつもある。思いつくままにあげるだけでも、「女が百年待ってくれたら、逢いに行くと言ったから」、「百合が擬人化されているから女だと思った」、「遠い空を見上げたから」、「暁の星が瞬いていたから」、「百合という漢字が百と合うの組み合わせだから」などなど。これらを組み合わせてもいい。ポイントは「説明」すること、つまり理由=根拠があげられることである。

「文学は自由に読んでいい」とよく言われる。これを教室に持ち込むときには注意が必要だ。僕は、これまで「自由に読むこと」と言われてきたことを「好きに読むこと」と言い換えることを提案したい。これは趣味で読むことだから、感想でいいいし、根拠がなくてもいいし、根拠が自分の体験であってもいい。それを否定すれば、あるいはまちがいだとすれば、生徒を人間として否定することになりはしないか。国語教育が生徒を傷つけやすい科目だということは、肝に銘じておいた方がいい。

一方、教室で「自由に読むこと」は、理由＝根拠をあげて教室のみんなを説得することまでのプロセスだとすることを提案したい。これなら、理由＝根拠をめぐる知的な議論ができる。感性と思考を同時に鍛えられるだろう。これが教室で文学を学ぶ意味だ。

問題は試験である。試験のためには「正解」を一つに決めておかなければならない。せっかくの授業が台無しになるという悩みを抱える教員は多い。そこで、新たな提案。答えは自由記述にしておき、問いに対する根拠があげられていて、それに説得力があれば満点を出せばいい。すべての問いをこうすることは無理だろうが、いくつかの問いをこうすることは可能ではないだろうか。

さて、「第六夜」の三と四。きっと近代文明批判を答えなければならないのだろう。まちがっても、「文明発展した明治の時代には、仁王などという信仰めいたものはもはやいらなくなったから」と答えてはいけないのだろう。それなら、批評文でも読んだ方がいい。

『夢十夜』の授業では、国語の中の文学が試される。

V　なぜ美禰子は藤尾にならなくてすんだのか――『三四郎』

五つのテーマ

『三四郎』は明治四一（一九〇八）年九月一日から一二月二九日まで連載され、単行本としては翌明治四二年五月に春陽堂から刊行された。漱石がはじめて書いたヨーロッパ一九世紀のリアリズム小説（つまりは現在ふつうのリアリズム小説）で、実質的にはほぼ三四郎視点だが、形式的にはいわゆる神の視点から書かれた三人称小説である。

漱石は教師としてしか働いたことがないので、全小説を見渡しても広い意味での学校小説か、主要な登場人物が学校に関わっている小説が多い。『三四郎』はその中でも、東京帝国大学の学生・小川三四郎を主人公にした真っ正面からの学校小説だ。漱石自身の体験や弟子から聞いた「いま風の学生」の話が生かされているようだ。

それは、『虞美人草』（一九〇七年）が成功したとは思っていなかった漱石が背水の陣で臨んだ結果だっただろう。文体も文章もごく平易になって、自分の小説の読者像がようやく見えてきたようだ。主人公の性格もさることながらこうした小説技法によって、『三四郎』は小説の外から読みの枠組みを持ってこなくても、小説を読んだだけでも多くのテーマが見つけられる。

これまでの『三四郎』研究ではいくつかの論点（テーマ）が出ている。それらを列挙してみるなら、①上京学生が主人公である意味、②青春とは何か、③三四郎の恋、④美禰子はどのような女性か、⑤男性たちはどのような人物か、などなどである。それぞれ説明しておこう。

①上京学生という大前提

小説中の現在は明治四〇年頃に設定されている。この時点で帝国大学は東京と京都の二校のみだったし（大正八年の大学令で公立・私立の大学が認められるまでは、制度上の大学は帝国大学だけだった）、いわゆる旧制高等学校も一高から八高までの八校しかなかったから（九校目からは校名が地名になって、最終的には三八校設置された）、高等学校進学の時点で生まれ故郷を離れることが多かった。そして、多くの学生にとって大学に進学することは上京することだった。

エリートは生まれ故郷のためでなく、日本のために働くことが求められた。国家予算がなかったこともあるが、「危険思想」が直で這入って来る港町には高等学校は作らず、江戸時代の雄藩が資金を出して誘致した城下町に設置した。原則として全寮制にもして、純粋培養したのである。

そこで生まれたのが、文学と哲学を中心とした旧制高等学校に独得の教養主義である。こういう旧制高等学校の世界にどっぷりつかった学生は「硬派」と呼ばれ、女性に関心を持った学生は「軟派」（「ナンパ」の語源である）と呼ばれた。小川三四郎はもちろん硬派だ。

だから、福岡県出身の三四郎が熊本の第五高等学校（言うまでもなく漱石が教壇に立った学校）を経て上京してから都会に驚き、そして世間知らずなのは当然だった。三四郎は、東京帝国大学はもちろん東京にも不案内だ。そこで与次郎という、東京帝国大学も東京という大都会も社会の表も裏も知る案内役を配置してある。これは読者にも親切な設定で、多くの読者は『三四郎』を東京案内や東京帝国大学案内として読んだろう。

国語教科書の多くが三四郎の東京生活が始まる第二章を収録しているのは、こうしたエリート教育や東京案内の名残だったかもしれない。

②青春時代と教育

二〇二二年夏、コロナ禍の甲子園で優勝した仙台育英高等学校の監督が、三密を回避するコロナ対策の難しさを振り返って、「青春は密ですから」と言ったのは名言だった。私たちはこうして「青春」という言葉をふつうに使うし、教員免許を取得するには青年心理学のような科目を履修しなければならない。だから、青春はあたりまえのようにあると思ってしまう。

しかし極端に言えば、青春時代というライフステージを作ったのは学校制度、特に高等教育である。きちんとしたデータは残っていないが、明治の初期の東京下町では男性の結婚平均年齢は一四、五歳、女性は一二、三歳だったらしい。離婚件数は結婚件数の七割を超えたとも言われている（小木新造『東京時代　江戸と東京の間で』NHKブックス、一九八〇年八月）。不幸になるのは女性が多かった。そこでキリスト教系の『女学雑誌』では、結婚は二〇歳まで待とう、別居をしようとキャンペーンを張った。ちなみに、世界的な人口学者エマニュエル・トッドは、アフリカの人口を抑制したいのなら、コンドームを配るのではなく、女性に教育の機会を与えればいいと説いた。

日本に来ていた宣教師も、結婚年齢を遅らせるには女性に教育が必要だと考えて、布教をかねてミッション系の女学校を設置した。もっとも早く設置されたのは神戸女学院やフェリス女学院である。港町にあるのはこういう理由からだが、男子の高等教育との違いはハッキリしている。

しかし明治も三〇年代になると、文部省はミッション系女学校の個性重視や自由重視の教育を危険視し、学校での宗教行事を禁止してミッション系女学校を排除しようとした。事実、廃校にするミッション系女学校もあった。一方、家政に重きを置く女学校が増えていった。こうして、世間もミッション系女学校を色物のように見るようになった。おそらく、漱石文学のヒロインたちの多くは明治三〇年代にミッション系の女学校を出ている。その代表格が、英語を話す『虞美人草』の藤尾と『三四郎』の美禰子なのだ。

樋口一葉『たけくらべ』の世界を「子どもたちの時間」と呼んだのは前田愛だが（『都市空間のなかの文学』筑摩書房、一九八二年一二月）、それが尋常小学校によって作られた時間であることは見落とされがちである。高等女学校は名称は「高等」ながら、男子だけが通える中学校とほぼ同等の中等教育機関と言っていい。中等教育と男子だけに許された高等教育は、まちがいなく婚期を遅らせ、青春というライフステージを作ったのだ。学校小説である『三四郎』が青春小説でもあるのは当然だった。それでもつけ加えておくと、当時の進学率からすれば、学校教育が作った青春というライフステージを持てるのはある種の特権階級だけだった。『三四郎』は青春案内小説でもあった。

三好行雄は漱石文学に暗い人間観を読み（江藤淳『夏目漱石』（東京ライフ社、一九五六年一一月）の影響下にある）、『三四郎』の青春を「虚妄」と言った（『作品論の試み』至文堂、一九六七年六月）。これ言えるかもしれない。

だけなら感想にすぎない。明治の青春の文化的背景を知るなら、もっと深い意味において「虚妄」と言えるかもしれない。

③野々宮か三四郎か

三四郎の恋とは彼が美禰子に恋していることは明らかなので、三四郎の恋とはとりもなおさず美禰子の恋への問いとなる。美禰子が恋をしたのは三四郎だったのか野々宮だったのかという問題である。これは、美禰子が残した絵の構図は誰宛だったのかという問題に収斂する。

あの絵の構図は池の端で三四郎が見上げた構図だったし、美禰子もそれを三四郎に示唆している。一方、三四郎が上京したときには、美禰子と野々宮との結婚が現実味を帯びてきており、三四郎もしだいにそれに気づくようになる。こうした構図は、四国の中学校での赤シャツと山嵐の権力闘争のさなかに赴任しながら、それになかなか気づかない主人公を書いた『坊っちゃん』に似ている。漱石はこういう書き方をすでに習得していたわけだ。

ふつうに読めば、池の端の丘の上にいた美禰子を見たのは三四郎だけだと思うだろう。ところが、重松泰雄は東大構内の地図を読み込み、野々宮も見ていた可能性を指摘した（『漱石　その歴程』おうふう、一九九四年三月）。そうなれば、あの絵の宛先は二人になる。結論を先取りして言うなら、美禰子がなかなか結婚に踏み切らない野々宮にじれていたその時、三四郎が美禰子の視野に入ってきたのだ。おそらく美禰子の三四郎への誘惑（作中では「無意識の偽善」とあるが、「無意識の演技」とした方がいいという説もあり、「ちょっかい」と言うべきか）ははじめは野々宮への当てつけだったが、そのうちに初心な三四郎にも心が動かされるようになった。それで、絵の宛先は二人になったのではないだろうか。

三四郎が美禰子とはじめて遭遇した池の端の場面を読んでおこう。この説明は、重松泰雄の説に私の説を加えてある。この図は、重松泰雄が作製した図に私が手を入れたものだ。図の左側が北。すでに夕刻だから、夕方の西日は図の下から差していることになる。

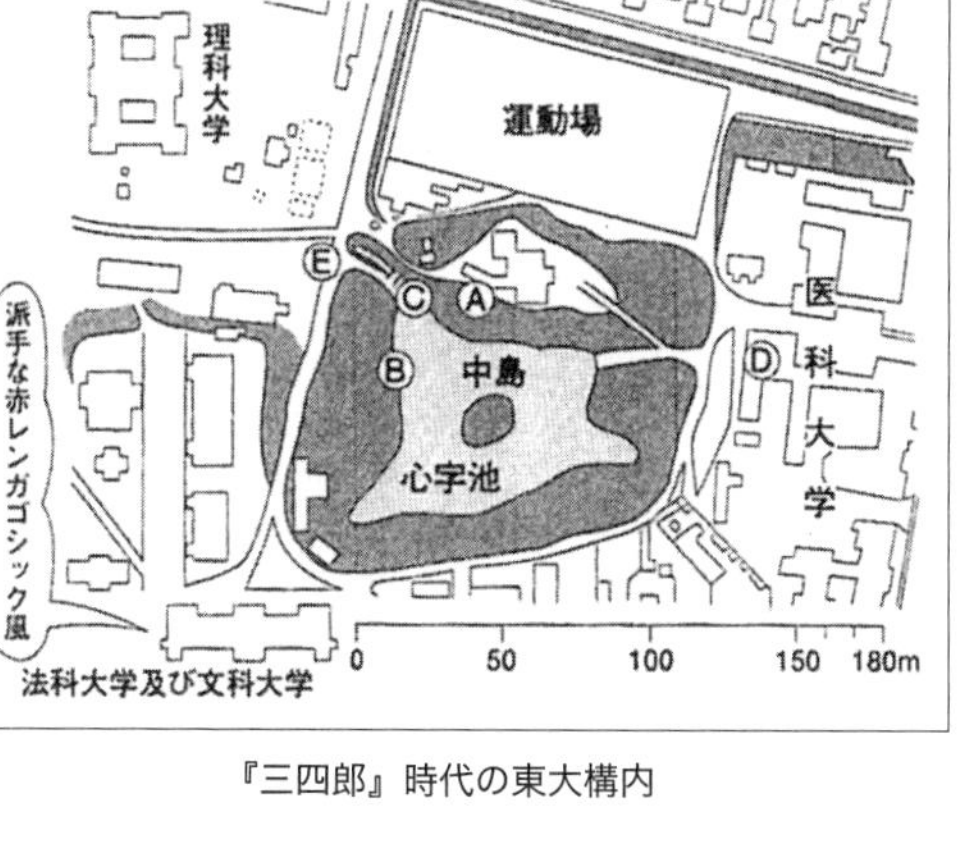

『三四郎』時代の東大構内

重松泰雄の説明によると、三四郎は理科大学を出てEを通り、Bの位置にしゃがんでいた。二人の女はAから下りてCの石橋を通り、Bの位置にしゃがんでいる三四郎の脇を通って行ったのである。野々宮はCの向うに現れた。そこで「美禰子も野々宮も「石橋」の向う側にいたとすれば、三四郎が「しゃがん」でいる間に、野々宮が美禰子と会った公算は大であろう。野々宮の「隠袋」の中の「封筒」は、あるいはその時に手渡されたものかも知れないということになる。そこで、美禰子の行為は、三四郎ではなく、結婚問題で「煮え切らない野々宮への〈挑発〉」（傍点原文）だった可能性が大きくなるのである。

このあと、野々宮がわざわざ「さっき女の立っていた辺り」で立ち止まって東大の建物を褒めはじめるのは、野々宮は三四郎の死角にいて、二人の女（美禰子と看護婦）に三四郎にしたのと同じ説明をしていたからだ。ここで野々宮がわざわざあの絵を描いた「原口」のことを口にすることにも注意しておきたい。結婚した美禰子が残した原口に描いてもらった肖像画は、ちょうどこの時の着物でこの時のポーズだった。

このように確認していくと、この時にはすでに絵は描き始められていて、そのことを野々宮はもう知っていた可能性が高い。その時、野々宮に肖像画のポーズを取って見せていたのだと考えれば、説明がつく。

つまり、こういうことだ。この場面では美禰子は直接には三四郎を挑発しているが、美禰子が本当に挑発しているのは、それを後ろで見ているはずの野々宮だったということである。ではなぜ美禰子はそんなことをしたのかと言えば、それが重松の言う結婚問題で、「煮え切らない野々宮への〈挑発〉」だったからである。

一方、野々宮が美禰子の挑発の意味を理解し、封筒やリボンを使って早手回しに三四郎に「彼女は自分と交際している女性だ」と暗示するような警告を発するのは、彼が美禰子のこういうやり方にすでに何度か傷ついていたからではないだろうか。そして、それが野々宮が美禰子との結婚に踏み切れない理由ではないだろうか。

こう読んだのでは、美禰子は三四郎を野々宮の気を引くために利用したことになってしまう。しかし、実際その通りではなかっただろうか。だからこそ、三四郎との別れの場面で、美禰子は「われは我が愆を知る。我が罪は常に我が前にあり」と、聖書の一節を囁くのではないだろうか。三四郎が自分に恋してしまったのは、彼を挑発した自分に責任があるのだと、美禰子は言いたかったのだ。

おそらく、美禰子も三四郎に好意を持っていた。だから、聖書の一節を口にして詫びたのだ。美禰子にとっては、野々宮も三四郎も、になったのだ。女性が同時に二人の男性を愛することができるかという問いは、いまでは問うに値しないほど答えは簡単だが、漱石が執拗に問い続けたテーマだった。

しかし、多くの同時代の読者は東大の構内など知らないから、池の端の場面を三四郎と美禰子が互いに一目惚れする場面と読んだだろう。そして、美禰子が先に誘惑したのだと思っただろう。その結果、『三四郎』を、三四郎が美禰子に翻弄されながらその恋心を育てていく、三四郎と美禰子の淡い恋の物語と読んだに違いない。もちろん、それは少しもまちがってはいない。そうも読めるようにも仕組まれていたのだから。

④美禰子は新しい女か

美禰子は、「新しい女」を先取りしていると読まれてきた。『三四郎』刊行の直後に平塚らいてうが中心にはじめた『青鞜』に集った女性たちである。それは、美禰子が男性たちと対等に話をして議論もするからだろう。また、広田たちが「イプセンの女のようだ」とか「乱暴だ」などと評するからでもあるだろうが、これは男性の目を通してみた美禰子である。

小森陽一は、漱石文学には妹たちの小姑問題があることを指摘した（「漱石の女たち——妹たちの系譜」『漱石論——21世紀を生き抜くために』岩波書店、二〇一〇年五月）。美禰子とよし子はその最たる人物で、『三四郎』はこの二人の小姑争い小説とも言える。美禰子が野々宮と結婚するとよし子が小姑になってしまう。よし子がお見合いを断ったのは、兄の野々宮は美禰子に渡さないという意思表示であり、それを知りながら美禰子がよし子のお見合い相手と結婚するのは、兄の里見恭助が結婚して自分が小姑になるのを避けるための決断でもあったろう。こうしてみると、美禰子はその人生の選択で家の論理に従っていることがわかる。美禰子の人生の決断は意外に「古い女」のそれなのかもしれない。

⑤学問と男性たち

『三四郎』に登場する男性たちを、機械と男性性とを結びつけたミッシェル・カルージュ『独身者の機械――未来のイヴ、さえも……』(高山宏・森永徹訳、ありな書房、一九九一年一月)を援用して論じたのは、藤森清である(「青春小説の性/政治的無意識◆『三四郎』・「独身」者の「器械」」『語りの近代』有精堂出版、一九九六年四月)。

野々宮が科学者であるところがポイントで、『三四郎』では科学者と男性性とが結びつけられており(という言い方が強ければ、常に隣り合わせのように語られ)、科学が謎を解くように女性の謎を解こうとしており、科学が見えない現象を解き明かすように、本人も意識していない性欲を可視化していると言うのだ。前田愛は東京帝国大学を中心とした『三四郎』の舞台を「本郷文化圏」と呼んだが(『幻景の街――文学の都市を歩く』小学館、一九八六年一一月)、藤森清が科学の役割に見出したものは、広く学問一般にも言えるだろう。

美禰子が謎めいた言動で男性たちを惑わせたことはまちがいない。それが「無意識の演技」だ。一方、男性たちの科学的な眼差しが謎をむしろ増幅したこともまちがいない。美禰子は（そしてよし子も）男性たちからまるで科学の研究対象のように見られることを嫌ったようだ。美禰子が、最後に法学士を選ぶのは「本郷文化圏」への決別の徴なのだ。

山の手の新興中流知識人階層をマーケットとした『朝日新聞』の読者もこうした文化圏の中にいたから、美禰子の謎解きを楽しんだにちがいない。もしかしたら、嫌ったかもしれない。ある時期までの漱石研究では（おおまかに一九七〇年までと言えそうだ）、美禰子の「自意識」を近代の不幸の象徴のように論じてきた。この事実は、ある時期までの漱石研究者がまさに「独身者の機械」の圏内で生きていたことを雄弁に物語っている。

いま①から⑤までのテーマで『三四郎』を見てきたが、②から⑤までのテーマを成り立たせているのは①だということがわかるだろう。小川三四郎は純粋培養されて上京した世間知らずで初心な青年だったからこそ、何のためらいもなく「本郷文化圏」に参入しようとしたのだ。その三四郎の目を通して書いたから、「本郷文化圏」の内実をオブラートにくるんだようにソフトに浮かび上がらせることができた。こう考えるなら、国語教科書の多くが上京して東京に驚く三四郎の姿が描かれる第二章を収録したのは、実に賢明な判断だったのかもしれない。

三四郎は「近代」に驚いていた

教材化された『三四郎』の多くは、三四郎が何に驚いたのかを生徒に理解させたいようだ。そのレベルや丁寧さのちがいにはかなりの開きがあるので、第二章を収録した学習を二編見ておきたい。

①麻生磯次編『国語　現代編　一』秀英出版、一九六三年

〈研究〉

一　「要するに自分がもし現実世界と接触しているならば、今のところ母よりほかにないのだろう。」とはどういう意味か。

二　「自分もいっそのこと気を散らさずに、生きた世の中と関係のない生涯を送ってみようかしらん。」とはどういうことか具体的に考えてみよう。

三　「三四郎はこのとき、電車よりも、東京よりも、日本よりも、遠くかつはるかな心持がした。しかし、しばらくすると、その心持のうちに薄雲のような寂しさが一面に広がってきた。そうして、野々宮君の穴倉にはいって、たったひとりですわっているかと思われるほどな寂寞を覚えた。」とある三四郎の胸中について考えてみよう。また、なぜこのような感じに襲われたのか話し合ってみよう。

四　母の手紙は、この文章の中でどういうはたらきをもっているか、特に、一〜三に引用した部分と関係づけて考えてみよう。

五　この文章に現われた、作者独得のユーモラスな表現を拾い出してみよう。

六　「三四郎」の全文を読んで、感想を書いてみよう。

近代批判と言っても、どこに位置取りをして行うかで答えのあり方がまったくちがってくる。近代

以前をよしとする位置からはたとえば「自然に帰れ」という答えが用意されるだろうし、西欧をよしとする位置からはたとえば「個人を重んじよ」という答えが用意されるだろう。

では、田舎をよしとする位置からはどういう答えが用意されるだろうか。この設問はそういう位置取りから問うているようだ。単に「ホームシック」と答えることを求めているのではないことは（まちがってはいないと思うが）、設問四を見ればわかる。設問二と三からは、学者になって「本郷文化圏」に入ることへのためらいが見えてくる。

なぜためらうのか。いまなら、先のテーマ⑤を参照することができる。三四郎はまだ「本郷文化圏」に入る資格、すなわち「独身者の機械」の圏内における男性性を獲得していないのだと。三四郎はまだ子供なのである。あるいは、三四郎はまだジェンダー化されていないということができるかもしれない。三四郎が初心で世間知らずだと言うとき、こうした文脈を踏まえておく必要がある。

設問五には、「作者独得の」という条件付きであっても、ここでもまた「ユーモラス」なのかと言いたくなる。これが戦後の国語教育だった。設問六には、こういうことを求めるならなぜ抄録をしているのだと何度でも言いたくなる。「抄録が全文を読むきっかけになれば」という反論は容易に予想できるが、世界を見渡せば、小説を教室にたくさん置いてバンバン読ませる国もあるのだ。

次は、これは高度すぎるでしょうという例をあげておきたい。

②岡崎義恵編『国語　二』日本書院、一九五六年

【研究の手引】

一、三四郎は、いなかから東京に出てきて、いろいろなものに驚きの目をみはっている。それらを整理して、一言で言うと、いったい何に驚いたのか、考えてみよう。

二、「明治の思想は、西洋の歴史に現れた三百年の活動を四十年でくり返している。」とは、どういうことか。これが書かれた明治四十一年と、十五世紀中葉のルネサンスとを頭において、考えてみよう。

三、都会の騒音の中で、三四郎は、「薄雲のような寂しさ」にとらわれた。これは今までに経験したことのない孤独感であった。何がそうさせたのか、話し合ってみよう。

四、野々宮宗八の大学における生活に、作者は、何を表わそうとしているのか、また三四郎は、宗八の生活を、最初の訪問でよく理解できたであろうか、考えてみよう。

五、「三四郎」は、「それから」「門」と合わせて、三部作と言われている。「三四郎」の主人公、小川三四郎は、その後の作品において、どういうふうに発展しているか、三つの作品を読んで、話し合おう。

六、明治の文壇に偉大な足跡を残し、今日においても、敬愛される漱石を、さらに研究してみよう。

もう言葉もでず、三四郎のように驚くしかない。そもそも「学習の手引」ではなく「研究の手引」なのである。「十五世紀中葉のルネサンス」が問われるのは、野々宮が東京帝国大学のゴシック建築を三四郎に説明するからだろうが、それにしても。たとえ一例だとしても、高校生の学力をこのレベルに見積もった国語教科書があったことは記憶しておきたい。

最後はおまけ的に。本文は団子坂の菊見で、美禰子がおそらく痴漢にでもあって会場の外へ出たのを三四郎が追いかけ、例の「ストレイシープ」という言葉を口にする場面である。とても珍しい箇所の抄録だ。

③福田清人・井上靖・高木市之助・山岸徳平編『現代国語　二』清水書院、一九六四年

【学習の手びき】
一、本文は三四郎と美禰子のどういう感情を写しているものか、考えてみよう。
二、美禰子が「ストレイーシープ」と言った意味はどういうことか、各自話し合ってみよう。

なんとシンプルな「学習の手びき」だろうか。それはそうだろう。これは恋の手びき以外の何ものでもないのだから。

きっといまの生徒は生活の中での恋の優先順位がどんどん下がっているのだろう。恋をしたこともなければ関心もない若者が増えている。一方、男女の友達関係は一つの文化となっていて、ごく自然に続く。大学生を見ていればわかる。大学一年生の演習で武者小路実篤の『友情』を取り上げても、「恋愛はわかりません」とハッキリ言う学生が増えてきた。

だから、高校生に恋の手びきをして、この程度のごく簡単な設問で恋の機微がわかると思った国語教科書があったことも、若者文化の歴史の一コマとして記憶しておきたい。

VI　代助がわかっていたこと――『それから』

代助を批判するために書いたのかもしれない

『それから』が朝日新聞に連載されたのは明治四二年六月から一〇月までだった。東北大学附属図書館の漱石文庫には、漱石作品にしては珍しくかなり綿密な作品の設計図（構想メモの域を超えている）が残されている。これは『漱石全集』に収録されている。もちろん、ほかの作品の設計図が失われている可能性は否定できないが、おそらくこれほど詳しい設計図はなかっただろう。それだけに、『それから』は漱石文学ではもっともバタ臭くてもっとも完成度が高い。好き嫌いのちがいはあっても、これにはあまり異論はないだろう。

朝日新聞社の連載作家だった漱石は、新聞記事になった出来事をすぐに作中に取り入れて、読者へのサービスを欠かさなかった。入社第一作『虞美人草』の東京勧業博覧会はその典型だ。『それから』もその例に漏れないが、漱石は日露戦争後の不景気とインフレとを見て、かなり直接的に資本主義批判を行っている。代助の現代文明批判は明治四四年の講演『現代日本の開化』と通じるものがあるから、この点で代助と漱石とを重ねる論は多い。たしかに、漱石文学には初期から晩年の諸作まで文明批判の傾向がかなり強く出ていることは事実である。しかし、『現代日本の開化』は日本の文明開化を批判したものであって、文明開化そのものは批判してはいない。この点はよく見落とされる。

『それから』を書く漱石は、なぜ綿密な設計図を必要としたのだろう。資本主義から降りてしまった代助の優雅な生活ぶりは、同時代とそれに近い時代の読者を魅了した。高学歴を持った読者は代助のように生きたいと思ったようだ。私よりもずっと上の世代の高田瑞穂先生や対談で知り合った江國滋さんなどは、そう話していた。それはよくわかるが、たとえば軽蔑している父からの仕送りで一戸を構えて優雅に暮らすなど、いい気なものである。

代助に魅力を感じたとして、では尊敬できるかと問われれば答えに窮するのではないだろうか。それは漱石が、代助を何でもわかっているようで何もわかっていないから魅力的であるような人物として書いているからだ。たとえば『坊っちゃん』なら、〈坊っちゃん〉は赤シャツと山嵐の権力闘争のさなかに四国の中学に赴任したことをわかっていないが、読者にはそれがわかる。代助は一人でこの二役をこなしているようなものだ。その難しい課題を実現するために綿密な設計図が必要だったのではないだろうか。

二つの物語

物語の終盤、代助は友人平岡の妻・三千代への求愛が平岡によって長井家に告発されて勘当される。しかし、三千代とのことがなかったとしても、代助は長井家から放逐される時期にさしかかっていた。もしかすると、それが代助の最大の関心事だったのかもしれない。

『それから』では二つの物語が同時に進行している。多くの読者は『それから』を、「代助と三千代の道ならぬ恋の物語」と読んできたのではないだろうか。それはまちがいではないけれども、『それから』にしまい込まれている物語はそれだけではない。『それから』は二つの物語が組み合わせられて、一つの小説になったものだからである。

『それから』の冒頭部で書生の門野が「端書と郵便」を持ってくる。「端書」は三千代の夫である平岡からのもので、「郵便」（封書の意味だろう）は実家の父である長井得（幼名は誠之進）からのものだった。これが二つの物語が始まる端緒となっている。一つは、代助と三千代との物語で、もう一つは代助と実家との物語である。事実、以後の章では、偶数の章は代助と三千代との物語が書かれ、奇数の章では代助と実家との物語が書かれている。

代助と三千代との物語はこうなっている。

代助は大学時代から三千代の兄と親しかったが、不幸にして兄は死んでしまった。兄は三千代と代助を結婚させたいと考えていたふしがあり、代助もそれに気づいていた様子だが、残された三千代への気持ちを代助に告白したのは、代助の親友の平岡だった。代助は三千代と平岡の結婚話をまとめ、三千代は銀行の支店に赴任する平岡とともに関西に旅立った。それから三年。三千代は生んだ子供を亡くし、心臓を病んだ。平岡は失職して三千代をともなって上京してきた。しかし、平岡と代助はもう昔の関係ではいられなかった。代助は平岡に冷たくされる三千代を見るにつけ、結婚話をまとめたことを後悔し始め、しだいに三千代に心が傾いていく。そして、告白。三千代は代助以上の決意をもってその告白を受け入れたが、それを知った平岡は代助と絶交し、代助の実家に事態を訴えた。

代助と実家との物語はこうなっている。

代助は大学を出たにもかかわらず（当時の大学出は二百数十人に一人、しかも学ぶことができるのは男だけという偏りがあったが、超エリートだった）、実家からの援助で独立した家を構えながら職にも就かず、芸術に耽る優雅な生活をしている。ところが、父の会社の経営状態が悪くなってきたらしい。そこで、父の長井得は自分と縁のある土地持ちの娘と代助との結婚話を持ち出してきた。どことなく財産目当てのにおいがする話である。これまでのようにのらりくらりとかわそうとする代助だが、今回だけは父も強行だった。目の前に切実な結婚話を突きつけられた代助は、しだいに三千代の方へ気持ちが傾くようになった。そして、告白。二人の決意を知った平岡は代助の実家にそれを暴露する。代助は実家から勘当され、最後に仕事を探しに電車に乗り、そのままどこまでも乗り続けて行こうと決意する。

小説の進行にともなって、代助と三千代との物語と代助と実家との物語がみごとに交わっていることがわかるだろうか。双六のように、どちらの道から行っても、破滅的な結末の一コマ前に「そして、告白」が来るように設計されている感じがする。しかも、破滅的な結末のきっかけを作ったのは代助の告白だが、直接的な原因は実家からの勘当なのである。つまり、代助と実家との物語が結末を生みだしていることになる。

まずは白百合

門野から二つの郵便物を受け取った代助は、東京に着いたと知らせてきた平岡からの「端書」を読んで、会いに行こうと考えたようだ。そこで、実家からの呼び出しの手紙に今日は行けないと断りを入れる。この代助の選択が、代助と三千代との物語を唯一の物語として読者に選ばせるのだろう。読者は主人公に寄り添って小説を読むものだから、これはごく自然なものだと言える。

冒頭部の第二段落の後半では、代助は心臓神経症であるかのように、自分の心臓の鼓動を気にしている。興味深いのは、ここで心臓の鼓動が「肋のはずれに正しくあたる血の音」と表現されていることである。これは典型的な異化表現なのだ。異化表現とは一九二〇年代にロシア・フォルマリズムが重視した表現技法で、そのものをすでに知られた馴染みのある名で呼ばずに、あたかもはじめて見るものであるかのように過度に描写する表現技法を言う。ここでは、心臓の鼓動を代助がはじめて知る音であるかのように書かれているわけだ。それが、代助の心臓の鼓動への違和感を増幅させている。

代助が心臓の鼓動を気にするようになったのは、「近来の癖」だと言う。ここで勘のいい読者なら、「あ、これは三千代が心臓を病んだことと関係がある」と気づくだろう。そう、この冒頭部で語られているのは、代助が自分でも気づかないうちに三千代の病んだ心臓を気にしているということである。いや端的に、代助の心臓は三千代の心臓に重ねられている。

こういう説明を聞かされると、こう思う読者もいるだろう。「そんなことは、はじめて読んだときに気づくはずはないだろう」と。その通りだ。ロラン・バルトというフランスの批評家は「優れた小説は再読しなければばならない」という意味のことを言っている。『それから』が優れた小説であるかどうかは、人によって評価が異なるだろう。しかし、『それから』が読者に「再読」を求める小説であることはまちがいがないようだ。

このあと、寝床の中で新聞を読み終わった代助が、椿をどう扱うのかを見ておこう。

それから烟草を一本吹かしながら、五寸ばかり布団を摺り出して、畳の上の椿を取って、ひっくり返して、鼻の先へ持って来た。口と口髭と鼻の大部分が全く隠れた。烟りは椿の弁と蕊に絡まって漂う程濃く出た。それを白い敷布の上に置くと、立ち上がって風呂場へ行った。(一)

ちょっと気後れがしてあまりはっきり書きたくはないのだが、これはまるで初夜のベッドシーンのようだ。「烟りは椿と弁と蕊に絡まって漂う程濃く出た」。この文字の連なりが、椿が女性器のメタファーであることを雄弁に物語っている(漱石の知っていた英文学、特に詩では花が女性器の比喩となることは珍しいことではない)。そして、「白い敷布」の上に置かれた(たぶん)赤い椿の花。椿は処女だったのだろう。ことを終えた代助は「立ち上がって風呂場へ行った」。そんな風に読める。代助は、アマランスの交配をし(四)、鈴蘭を生け(十)、薔薇の香りの中で眠る(十二)。代助は花と戯れる男なのである。もちろん、代助は自分のしたことの意味を知らない。

三千代がまだ独身だった頃、代助は白百合を買って三千代とその兄の家を訪ねて、自分で生けて見せたこともあった。(ちなみに、この時代は生け花は男の嗜みでもあったが、代助が手にするのが西洋の花ばかりなのは、彼の趣味の傾向を表している。)三年以上経ってもそれを覚えていた三千代は、白百合を三本手にして代助を訪ねた。そして、白百合の花を「「好い香でしょう」と云って、自分の鼻を、弁の傍まで持って来て、ふんと嗅いで見せた」(十)。三千代はまるで見ていたかのように、椿に対して見せた代助と同じ仕種をする。代助は慌ててそれを止める。この白百合はヤマユリで、その濃厚な匂いは精液のそれを連想させると言う(塚谷裕一『漱石の白百合、三島の松――近代文学植物誌』中公文庫、二〇二二年六月)。

この場面は、まちがいなく冒頭の場面の反復なのである。二人はまだ自分の気持ちに気づかない。そんな気持ちが許されるとも思ってはいない。花だけが二人の気持ちを知っている。なんと切ない恋だろう。だから、たぶん三千代は花になりたかった。

このとき代助は鈴蘭を生けて、「その傍に枕を置いて仰向けに倒れた」あとだった。昼寝から目覚めたときに、三千代が来ていたのだ。その三千代は、代助の生けた鈴蘭の鉢から水を飲んだ。鈴蘭は毒でもあり同時に薬でもある。この場面での代助と三千代は、鈴蘭という花を媒介にして、死と再生の儀式をすませたのである。それまでの自分に別れを告げ、新しい自分を生きる儀式をすませたということだ。だから、この後に二人の物語が始まる。物語に誘ったのは、三千代だった。

次は真珠の指輪

代助が結婚する三千代に贈ったのは、真珠の指輪だった。夫となるべき平岡は時計を贈った。そもそも、これがボタンの掛け違いだったのかもしれない。この真珠の指輪に注目した研究者がいる(斉藤英雄『夏目漱石の小説と俳句』翰林書房、一九九六年四月)。斉藤の論を参照しながら、指輪をめぐる物語を見ておこう。

上京してはじめて代助を訪ねた三千代は、この真珠の指輪を指にはめていた。

廊下伝いに座敷へ案内された三千代は今代助の前に腰を掛けた。そうして奇麗な手を膝の上に畳ねた。下にした手にも指輪を穿めている。上にした手にも指輪を穿めている。上のは細い金の枠に比較的大きな真珠を盛った当世風のもので、三年前結婚の御祝いとして代助から贈られたものである。（四）

この記述で注意してほしいところが二つある。一つは、三千代が代助から贈られた真珠の指輪を上にして、わざわざ代助に見せている点だ。もう一つは、最後の「代助から贈られたものである」という表現だ。『それから』は、完全ではないが、ほとんどが代助の視点から書かれている。ならば、ここは「代助が贈ったものである」とあるべきだろう。それが「代助から贈られた」となっているのは、この場面では三千代が主体になっていることを意味している。三千代は、真珠の指輪を使って代助を誘っているのだ。「三年前を思い出してほしい」と。

三千代はその後、この二つの指輪を生活のために質入れしたことを「ぽっと赤い顔」をして代助に話し、代助から「紙の指環だと思って御貰いなさい」と、生活費として何枚かの紙幣を受け取る（十二）。ところが、三千代はそのお金でたぶん真珠の指輪だけを質から請け出し、それを簞笥にしまってあるのを代助に見せている（十三）。

三千代が指輪を質に入れたことを、平岡は知っているはずだ。三千代の指から指輪が二つとも消えたのだから。しかし、平岡は代助が「紙の指環」だと言って三千代に生活費を渡したことを知らない。そのために、真珠の指輪だけを請け出したことは、三千代と代助だけの秘密となったのである。だから、三千代はそれを指にはめることができずに、簞笥に隠してある。それを代助に見せたのは、三千代が「紙の指輪」を本物の真珠の指輪に変えたことを知らせるためにである。もっと正確に言えば、三千代が代助から改めて真珠の指輪を「贈られた」ことになるように仕組んだのだと、代助に告げているのだ。だからこそ、この時三千代は代助に「可いでしょう、ね」と同意を求めるのである。二人だけの秘密を作ったのは、三千代なのだ。

こうして、三千代が三年前にあり得たはずの物語を動かしはじめる。

長井家から捨てられる次男坊

代助はどうしてそんな危ない物語に乗ったのだろうか。当時は姦通罪という法律があって、結婚している男女が不倫を犯せば刑罰（親告罪だったので、訴えがなければ処罰はなかった）になったのである。もっとも、心臓を病んだ三千代には性交渉はできない。「肉体上の関係が、夫の精神状態に影響を与え」て、これが原因で平岡の「遊蕩」が始まったとはっきり書いてある。現実に、代助と三千代には花に託した交わりしかできなかったのだ。それでも、危ない物語であることに変わりはない。

先の問いに戻ろう。代助はどうしてそんな危ない物語に乗ったのだろうか。乗れば、代助の優雅な生活が崩壊することは目に見えていたのに。それは、この時の代助がどのみち実家の長井家から放り出される時期に当たっていたからではないだろうか。ここに、代助と実家との物語がある。それを読むには、この時代の家制度について知っておかなければならない。

代助は、実質的に長井家の次男坊だった。これが物語の前提だ。明治三一年に施行された明治民法は長子単独相続と言って、実質的には長男がすべての財産を相続する制度だった。ところが、何か事故や病気があって長男が亡くなる場合もある。その時には、次男坊が繰り上がってすべてを相続する。そこで、財産のある家ほど次男坊の処遇が問題となる。長男に何かあったときのために次男坊は必要だ。しかし、長男のそのまた長男が大人になってしまえばそちらに相続させればいいのだから、次男坊は不要になる。長井家がちょうどそういう時期だったのである。

代助の兄誠吾の長男誠太郎は一五歳になっている。江戸時代なら元服の儀式をする年齢だ。長井家はもう二代にわたって跡継ぎの長男が揃ったことになる。長井家にとって代助はもう不要なのだ。代助が稼いでいるなら問題はないが、お金がかかるだけで始末が悪い。長井家の家長はまだ代助の父である得だが、彼はそろそろ隠居して長男の誠吾に家督（財産と家長としての権限）を相続させる気でいるようだ。そうなると、誠吾が代助を扶養しなければならなくなる。得はそれを避けるために、代助に土地持ちの佐川の娘との結婚話を持ってきたのだ。これは政略結婚ではあるけれども、また親心でもあるだろう。代助は財産家の家に「嫁入り」させられるようなものなのである。

明治民法は家長に、独立した生計を営んでいない家族全員の扶養の義務を負わせた。したがって、得が隠居をしたら、誠吾が弟代助の扶養の義務を負うことになる。得が焦っているのはそういう事態になることを避けるためだった。得が焦っているのには、もう一つ理由があった。それは家長の婚姻の同意権（明治民法下では、子は親の同意がなければ結婚できなかった）は、子供が三〇歳になると期限が切れるからである。得が代助が三〇歳になることを気にしているのには、そういう理由があった。代助を思い通りに結婚させることができるのも、あと少しの時間しか残されていなかったからである。

ここで、あることに気づいただろうか。得の幼名は誠之進、長男は誠吾、孫は誠太郎。こうして並べてみると、長井家の跡取りの名には「誠」という字を織り込む決まりでもあるかのようだ。これと比べれば、「代助」という名が長井家の中で異様なものであることがわかるだろう。文字通り「長男の代わりの者」という名なのだ。代助は生まれたときから、次男坊の運命を引きうけさせられる名を背負っていたのである。長井得が「誠者天之道也」（マコトハテンノミチナリ）という額を大切にし、代助がそれを毛嫌いしているのも、理由のないことではなかったのだ。

代助と実家との物語は「代助が実家から捨てられる物語」だったのである。それならば自分で作った物語で実家から捨てられた方がましだと、代助は考えなかっただろうか。代助が三千代の作った物語に乗った理由は、おそらくここにあった。こうして、二つの物語は必然的に交わることになったのである。

資本主義は「ほしい」で成り立つ

『それから』は文明批判小説として読まれてきた経緯があると書いた。しかし、代助が住む世界はむしろ文明的である。『それから』が高度に批判しているのは資本主義だ。

資本主義の根柢には「ほしい」という感情があるが、それは「ここ」から「あそこ」に行きたいと思うことである。

ここからあそこへゆくということは、そのときあそこはここになり、ここはあそこになるということです。われわれは、たえず自分のいまいるここを脱出してあそこへ行き、いまの向きを脱出して、反対の向きになる。私は皆さんを見たときに、皆さんにとっては、私のいる方向が前だということをとらえている。だからいい方をかえれば、脱中心化とは他者の立場に身を置くということにほかならない。人の身になってみるというのは、単に空間だけの問題ではなくて、他の主体の立場に立ってみるということをも含んでいますから、脱中心化は同時に他者理解の基盤でもある。（市川浩『〈身〉の構造——身体論を超えて』青土社、一九八四年一一月）

もはや常識となった説明様式だが、後半の道徳臭さを無視すれば、資本主義を成立させている原理そのものである。見方を変えれば、こうした他者理解を経た道徳と資本主義の原理とはコインの裏表の関係にある。「ここ」から「あそこ」の立場に立って他者を理解して思いやって自制せよと説く道徳と、「ここ」から「あそこ」を憧れ嫉妬して欲望して「あそこ」に行きたいと思うことが「ほしい」の根本にあるからだ。道徳と欲望はまさにコインの裏表の関係にある。長い間近代を拘束してきた立身出世という物語も、「ほしい」が根柢にある。福沢諭吉『学問のすゝめ』は「ほしい」を実現する方法を説いている。近代は欲望の肯定から成り立っていた。もちろん、近代資本主義も。たとえば資本主義の申し子であるファッションは、「ここ」から「あそこ」に行きたい（あの服を着たい！）視覚的な欲望が成り立たせている。

近代が視覚優位の時代ならば、そして自己が他者とともにある時代ならば、そもそも観察は可能なのかと問いかけたのが、本章の『草枕』でもあげたジョナサン・クレーリー『観察者の系譜　視覚空間の変容とモダニティ』(遠藤知巳訳、十月社、一九九七年一一月) である。もちろん、答えはノーである。

> 自在せる目撃者、その人にとって世界が透明な明証性をもったものとして立ち現れるような観察者など、今までいたためしもないし、これからも誕生しないだろう。そのかわりに存在しているのは、諸力の多かれ少なかれ強力な布置なのであり、そのような布置によって、観察者が有するさまざまな能力が可能となるのである。

もはや純粋な主体が想定できない以上、純粋な観察者など想定しようもないということだ。観察者も「さまざまな約束事(コンヴェンション)や限界のシステムに埋め込まれた存在」でしかない。つまり、観察者も欲望の中にいるということだ。だから、クレーリーはジャン・ボードリヤールを踏まえて、産業革命以後の一九世紀には資本主義は観察者の意味を根柢から変えたと言っている。

> 近代は、たゆまぬ「新しきもの」の生産こそが事物を同一の状態に維持するような、まさに「ポスト歴史的な」特徴を帯びている。(中略)
>
> 一九世紀になって初めて、幸福と平等が実際に獲得されたということを明示するために、目に見える証拠が必要になった。幸福は「モノや記号によって測定可能」であり、「可視的な基準」からしてハッキリと見て分かるようなものでなければならなかった。

観察者はこのような革新のさなかで、それに流されながら観察しなければならなくなった。このような形で日本文学において可視化された近代としては、尾崎紅葉『金色夜叉』のダイヤモンドと宮の美貌が等価に見積もられることをあげておけば十分だろう。そして、『それから』の白百合と真珠の指輪と。

反資本主義的身体

『臨時増刊　文藝　夏目漱石読本』（河出書房、一九五四年六月）は、漱石について錚々たるメンバーにアンケートを行っている。その中で目を引くのが秋田雨雀の回答である。「漱石の作品をどう思いますか」という項目に、こう答えているのだ。「私は夏目さんの作物は大きな観点からは自然主義のいヽいヽはんちゆうに入れられるものだと考えて居ります。しかし、私たちは二葉亭、藤村、花袋、独歩の系列の中にいるので最後まで深い親しみを持ちませんでした」。後半の正直な感想にも好感が持てるが、やはり目を引くのは前半である。

漱石＝反自然主義という図式は当時の文壇勢力図でしかなく、文学の質から見れば、そして漱石の対極にたとえば泉鏡花を置いてみれば、漱石と自然主義文学の違いよりも、類似性の方がより大きく浮かび上がってくるはずだ。さらに言えば、反資本主義という観点から見れば、これらすべての作家は同じではないだろうか。

ただ一点、漱石文学が決定的にちがっているところがある。それは長編小説の男性主人公が、『門』の京都帝国大学中退の野中宗助を唯一の例外として、東京帝国大学の出身者というところである。これは大きな意味を持っている。

もっともすぐれた漱石論の一つに山崎正和「淋しい人間」(『ユリイカ』第九巻一二号、一九七七年一一月)がある。中心は『門』論なのだが、全体としてすぐれた漱石文学論になっている。その最後にこういう一節がある。

「先生」にしても、宗助や代助にしても、漱石の主人公は、ほとんどが社会的にきはめて有能であり、あるひは有能であり得る可能性を秘めてゐるといふことです。彼らは自己処罰によつてこそ縛られてはゐても、社会的な敗残者ではなく、いはば自己の能力と闘つて、自分を行動の禁治産者にしてゐる、と見るべきでせう。見方によれば、そこにはじつに豪華な人間能力の浪費があるのであつて、その姿勢は、たとへば島崎藤村の、「自分のやうなものでも、どうかして生きたい」、といふ精神の極北にあるものといはなければなりません。

「極北」は「対極」のまちがいだろうが、漱石文学の男性主人公たちの生き方を「自分を行動の禁治産者にしてゐる」、「じつに豪華な人間能力の浪費」と見ぬいたのはみごとだった。この評論以前に、このようにハッキリ言い切った人はいなかった。これは『学問のすゝめ』以来の明治のエートスの否定であり、したがって反資本主義的でもある。漱石文学の男性主人公たちは彼らが受けてきた教育から生み出される利潤を得ようとしないばかりか、教育への投資を回収しようとさえしないのである。すなわち、「ここ」から「あそこ」に行こうとしない人物たちばかりなのである。

このことは、彼らが「ほしい」という欲望を持てないことを意味している。だから彼らの恋は、あのルネ・ジラールの欲望の三角形のように、いつも他人の欲望を模倣する。『三四郎』の小川三四郎は郷里の先輩野々宮宗八の里見美禰子への恋を、『門』の野中宗助は親友安井のお米への恋を、『行人』の長野一郎は弟の長野二郎の妻お直への恋を作りだし、『こころ』の「先生」は親友Kの静への恋を模倣する。そして『それから』の長井代助は、親友平岡常次郎の菅沼三千代への恋を模倣する。

浪費と模倣。これは資本主義を成り立たせている原理でもある。それを漱石文学は批判的に書いてきた。もう一つあげておく。代助は女性ジェンダーである。冒頭の鏡を前にした身繕いや、政略結婚のコマとして使われる長井家での位置。そもそも代助の身体が反資本主義的なのだ。これほど高度な資本主義批判はそうはないだろう。

教科書の中の『それから』も高度に資本主義を批判している

『それから』の学習は、本文をかなり丁寧に読むようにできているものが多い。その結果として、高度に資本主義批判を問うている。代助の身体が反資本主義的なのだから当然だろう。

①高田瑞穂ほか編『現代国語二』東京書籍、一九七六年
〈学習の手引き〉
一　この小説を読んで、最も心に残ったのはどういう点か。同感した点、疑問を感じた点、印象深い点などについてメモを作り、それらについて話し合ってみよう。

二　作中人物は互いにどのような関係にあるのか。その関係を示す図を作れ。

三　次の語句の意味を説明せよ。

1　その犠牲を即座に払えば、娯楽の性質が、忽然苦痛に変ずるものであるという陳腐な事実

2　自己存在の目的は、自己存在の経過が、すでにこれを天下に向かって発表したと同様だ

3　餓えたる行動は、……みずからその行動の意義を中途で疑うようになる。

4　酔いという牆壁を築いて、その掩護に乗じて、自己を大胆にする

5　世間の小説に出てくる青春時代の修辞

四　代助に関する次の点について話し合ってみよ。

1　代助が平岡の訪問を受けた時、「話のぐあいがなんだかもとのようにしんみりしない」状態だったのは、なぜか。ふたりの心境について推察してみよ。

2　代助と父とは、どういう点で考えが食い違っているのか。この親子について、各自はどう思うか。

3　代助が「無目的な行為を目的として活動」し、「それをもっとも道徳的なものと心得ていた」のは、どういう考え方によってなのか。このような代助の考えについてどう思うか。

4　代助にとって「自然の昔に帰るんだ」という「自然」とは、何を意味するのか。

5　代助は三千代に対して、どんな気持ちをいだき、どんな態度をとってきたか。そして今、どんな考えから「俗を離れた急用」として三千代を呼んだのか。

五　「四」の場面において、「白百合」と「雨」とはどのような効果をあげていると思うか。話し合っ

てみよう。

六　この小説の読後感を一二〇〇字程度の文章にまとめよ。

本文は冒頭部近くと代助が三千代に告白する場面が採られている。かなり丁寧で細かい設問が並んでいる。これは僕の恩師だった高田瑞穂の考えだったにちがいない。高田瑞穂は特に設問四の3の「無目的」を含む一節が好きだった。目的を持った行為は手段にすぎず、その行為は常に通過点になってしまう。それでは人生はどこにあるのか。おそらくこう考えていたように思っている。

『それから』全体のなかでは、設問四の2は重要である。

佐藤泉は、父得と代助との対立は、父の世代が持つ世界観が代助の世代が持つ世界観に取って代わられる物語だという（「『それから』——物語の交替」『文学』第六巻四号、一九九五年一〇月）。「長井親子間の断層は父子間、世代間の齟齬といったものではなく、その語りの背後のより大きな歴史、社会関係の総体を示唆していると見なければならない」、「代助の文体とは違う一揃いの語彙と文法をもった別の物語、とはいえ父個人のものではなく一定の社会構成体のものである物語」と言うのだ。

長井得にとっても長井代助にとっても現在生きて、見ている世界は同じである。しかし、それを語る言葉がまったく違っている。長井得が語るのは国家に連なる大きな物語であり、長井代助が語るのは「神経」という言葉に代表される私的で繊細な物語である。世界を自らの物語として語るときの語彙がちがうということは、世界が違うということにほかならない。しかし、それはそれぞれの個人の物語の交替ではなく、歴史の交替なのである。

『それから』が書かれた明治四〇年代は、明治という時代を作ってきた世代が退場し、その次の世代が社会を支えるようになっていた。そこに遺産相続問題が起きる必然があった。漱石が遺産相続から始まる物語を書き続けた理由はここにある。家長の交替とは世界観の交替だと、佐藤泉は論じている。それは、具体的には遺産相続がうまくいかない家族の物語を生み出した。四の2は大切にしたい設問だ。

設問五に関しては、蓮實重彦が漱石文学では女性と水のモチーフが深く関わっており、特に恋は常に雨にともにあると論じていることをあげているとだけ言っておきたい（『夏目漱石論』講談社文芸文庫、二〇一二年九月）。

②吉田精一ほか編『高等学校　現代国語二』角川書店、一九七四年

学習一

一　次の点に注意しながら読み進めていこう。

1　代助と父親との性格やものの見方・考え方はどう違うか。また、それぞれの、時代や社会に対する姿勢はどうか。

2　代助が父と会うたびに、物語はどう進展していくか。

二　自分なりに読んで、よくわからない部分があったら、印をつけておこう。そして、以後の学習の中で理解を深めるようにしよう。

学習二

一　次の部分は、代助のどのような考え方・生き方を示しているのか、深く考えてみよう。

1　「健全に生きていながら、この生きているというだいじょうぶな事実を、ほとんど奇跡のごとき僥倖とのみ自覚しだすことさえある。」

2　「実際かれは必要があれば、白粉さえつけかねぬほどに、肉体に誇りを置く人である。」

3　「かれはこれが自分の本来だと信じている。」

二　次の部分は、父の考え方・状態について述べたものであるが、それぞれどんなことを意味しているのか。

1　「親父のほうでは代助をもってむろん自己の太陽系に属すべきものと心得ている」

2　「お父さんは『論語』だの、王陽明だのという、金の延べ金を飲んでいらっしゃる」

三　次の部分は、どんなことを述べたものか、わかりやすく説明しよう。

1　「代助は人類の一人として、互いを腹の中で侮辱することなしには、互いに接触をあえてしえぬ、現代の社会を、二十世紀の堕落と呼んでいた。」

2　「この教育は情意行為の標準を、自己以外の遠い所にすえて、事実の発展によって証明せらるべき手近な真を、眼中に置かない無理なものであった。」

3　「人を切った者の受くる罰は、切られた人の肉から出る血潮であると堅く信じていた。」

4　「自己存在の目的は、自己存在の経過が、すでにこれを天下に向かって発表したと同様だからである。」

四　代助は、なぜ就職しなかったのか、また、そのような代助が職を求めるようになったのはどうしてか、その理由を考えよう。
五　冒頭と末尾の場面で、赤い色（冒頭では椿の花として出てくる）が、象徴的に用いられているが、その効果を考えてみよう。

学習の発展
一　〈話し合い〉代助は、三千代との結婚を決意するが、この結婚は代助の生き方の上でどんな意味を持っているだろうか、この小説で作家漱石が提出した問題として考え、みんなで話し合ってみよう。
二　〈読書〉できたら、小説「それから」の全文を読み、作品に関する理解を深めよう。また、参考文献を用いて、夏目漱石の文学の特質などを調べてみよう。

これもかなり丁寧で細かい設問が並んでいる。本文は、途中に要旨を挟みながら、はじめから終わりまで幅広く採っている。

「学習二」の設問一の1から3が代助の身体に関わる形で「考え方・生き方」について問うていて『それから』の可能性を広げている。1から3にあげられた一節は、代助の自意識は彼の身体とともにあり、それは代助は自分が男性として生きることに疑問を感じており、彼の自意識では代助は女性ジェンダーどころか「代助は女性だ」と言っているようで、かなり強烈である。

③大岡信ほか編『新選　現代文』尚学図書、一九九五年

〔学習と研究〕

一　代助と平岡との職業をめぐる会話から、二人のものの見方・考え方の違いを整理してみよう。

二　三千代はどのような女性として描かれているか。

三　代助は父親の生き方のどのような点に矛盾を感じているか。

四　次の言葉の意味を考えよ。

1　資本を頭の中へつぎ込んで、月々その頭から利息をとって生活しようという人間

2　めっきを金に通用させようとする……我慢するほうが楽である。

3　あらゆる神聖な労力は、みんなパンを離れている。

4　泰西の文明の圧迫を受けて、……代助はいまだかつて出会わなかった。

五　代助は日本対西洋の関係をどのようにとらえているか、まとめよ。

六　できれば、この小説「それから」の全文を読んでみよう。

明らかに『現代日本の開化』を踏まえた設問である。一、三、五がそうだし、四で選ばれた一節はハッキリ一つの傾向を示している。これらの設問に代助が正しくて平岡や父親がまちがっていると答えるのが、近代批判をテーマとしている国語教科書の「正解」だと言っていい。

二はやりようによっては面白くなる設問だ。代助と平岡の議論を聞いた三千代は、代助の西洋と日本との関係がおかしいから働かないという意見に「少し胡麻化(ごまか)していらっしゃる様よ」と一言で批判

できる女性である。思えば『こころ』でも、静は青年の理屈に「議論はいやよ。よく男の方は議論だけなさるのね、面白そうに。空の盃でよくああ飽きずに献酬が出来ると思いますわ」と手厳しい批判を加える女性だった。漱石の書く女性を侮ってはいけない。

①や②を見ていると、これらの設問には含意があるかのように読めるものが多く、この小説の可能性を感じさせる。

戦後のカリキュラムの中でもっとも密度が高かったのは、一九七〇年代のいわゆる現代カリキュラムである。その時代の①と②はたしかに設問が実に丁寧で細かい。この設問に、教科書の想定通りに答えるなら（想定があるようにしか見えないが）、ひどく縛りの多い授業になるだろう。しかし、設問は細かすぎて『それから』のノイズを拾い上げてしまっているようにも見える。それを最大限に生かす授業ができたなら、『それから』は教科書から羽ばたいて「文学」になってしまうだろう。

③は設問がずいぶん単線的になっていて、もはや「文学」にはなりようがない。「文学の神々は細部に宿る」のに、細部を問わないからだ。実際には授業のやり方に依存するのだが、細部を問うしつこさが自由を生むことがある逆説を、教材『それから』は見せてくれている。

VII 「私」から「私たち」へ――『こころ』

青年たちの『こころ』

戦前、『こころ』を読んでいた一群の青年たちがいた。いわゆる旧制高等学校の学生たちである。いくつかの調査によると、昭和期に入ってからの旧制高等学校の学生の人気作家はダントツで夏目漱石、好まれた小説は『草枕』と『こころ』だった（筒井清忠『日本型「教養」の運命――歴史社会学的考察』岩波現代文庫、二〇〇九年一二月）。夏目漱石こそが旧制高等学校のいわゆる教養主義を支えた作家であり、わけても『こころ』がその中心的な役割を担ったという（竹内洋『教養主義の没落――変わりゆくエリート学生文化』中公新書、二〇〇三年七月）。

もっとも、このことは当時一般の青年たちの間で『こころ』が広く読まれていた証拠にはならない。旧制高等学校は最終的に日本全国でわずか三八校が設置されたにすぎず、最盛期でも一学年の人数は全国で一万人足らず（竹内洋『学歴貴族の栄光と挫折』中央公論新社、一九九九年四月）、明治の初期から昭和二三年までの歴史の中で卒業生の合計が約二一万五千人でしかない、男子だけの超エリート校だったからだ（秦郁彦『旧制高校物語』文春新書、二〇〇三年一二月）。

近代日本のエリート教育は、それまでの土地と階層・身分制度に縛られた封建制度から離脱し、地理的移動と階層移動とを可能にするような感性を育む、文学と哲学を中心とした「隠れたカリキュラム」を持っていた。それが、西洋風の高級文化である教養主義なのである。

近代以降の学校は（現代でも）美術や音楽などの芸術系の科目は西洋画を教え、西洋の音楽を教える洋学校である。思想だけでなく、感性の西洋化が行われたのである。その結果、江戸時代までの教養はあまり役に立たなくなり、正統な教養は高等教育を受けた者だけが手に入れることができた。これら旧制高等学校がその役割を果たした。「高等教育の文化は上層階級の文化」となったのである（竹内洋『立志・苦学・出世――受験生の社会史』講談社学術文庫、二〇一五年九月）。

この「隠れたカリキュラム」には倫理的・道徳的な本が多く含まれていて、それらが旧制高等学校の学生のノブレス・オブリュージュ（身分の高いものが負う義務）を形成していたようだ。『こころ』が学校空間の中で教養主義の中心的な役割を担ったことはまぎれもない事実だった。戦後になって、小説が「人格の陶冶」のためになると考えられたことから、多くの文学教材が国語教科書に収録されるようになった。『こころ』は一九六〇年代に高校の国語教科書に収録され、その後、多くの高校国語（現代文）に収められる定番教材となった。

一九六〇年代と言えば日本では高度経済成長期のまっただ中で分厚い中産階級が形成され、高校進学率が急速に上がった時期である。その時期に高校の国語教科書を編集したのは旧制高等学校で学んだ世代で、『こころ』は、おそらくは旧制高等学校の学生が持ったノブレス・オブリュージュのような心の形成に寄与することを期待されたのだろう。戦後日本の中産階級は、旧制高等学校的な役割を演じることをいくぶんかでも期待されたのかもしれない。

そう考えると、国語教科書の『こころ』のほとんどが、「先生と遺書」の章の、正月の歌留多取りからKの自殺までを収録している理由がなんとなくわかってくる。この抄録からは「友人を裏切ってはいけない」という（時代を考えれば、同性の絆を重視する）道徳的なメッセージが強く伝わってくるからだ。

ちなみに、「現代文」の教科書にはいくつかの条件があって、近代の擬古文を入れること、八〇〇字以上の長文を入れることなどである。前者の条件を満たすために『舞姫』や樋口一葉の日記などが収録され、後者の条件を満たすために『こころ』を抄録するのが定型となっているわけだ。条件を満たすためなら、『こころ』全編だけの『現代文』もあり得る。実際には、夏休みに文庫の『こころ』を読ませてから授業をする高校もある。

悩みの教科書

旧制高等学校の学生に『こころ』が好んで読まれたのには、いまとはちがったある理由があるのではないかと思っている。

旧制高等学校に通うのは男子だけで、その年齢は制度上は一七歳から二〇歳までの三年間だった。明治維新以後、文部省には資金がなかったので、これからは教育の時代だと悟った江戸時代の雄藩の元大名たちが、士族階層の階級維持のために土地を提供して旧制高等学校を誘致した。文部省は「危険思想」が入ってくる港町はふさわしくないと考えていたので、思惑が一致した。そこで、旧制高等学校は江戸時代の雄藩の城下町に多い。近代日本はこのようにして、原則として全寮制の旧制高等学校の内部で、エリート男子をほぼ純粋培養したのである。

旧制高等学校に進学できれば、帝国大学への進学はほぼ保証されていた。近代日本の教育制度は西洋からの輸入だったから、それにともなって「青年期」というライフステージも輸入したことになる。その「青年期」が学校制度の整備に伴って広がっていった。そこで、彼らには有り余る時間ができた。ところが、おそらく彼らはその時間の使い方を知らなかったのではないだろうか。近代以前の日本にはそういう全国的な教育システムがなかったからだ。

「青年期」の青年たちは、文学や哲学を通して「近代知識人の悩み方」を学んだ。彼らの多くは経済的に恵まれていたので、衣食の悩みはない。持て余した時間で、悩みのレッスンをした。煩悶する青年たち、悩む青年たちの誕生である。『こころ』は、有り余る時間を持ったエリートに「青年期」特有の悩みを教えた教科書だった。もっと言えば、悩みの悩み方を教育した教科書だった。あるいは、西洋的な悩み方を教えた教科書だったのだ。漱石文学に特有の「高等遊民」に憧れた青年は多かった。たとえば、当時『朝日新聞』がターゲットにしていた新興の中産階級に属する読者は、『三四郎』において美禰子を前に途方に暮れる三四郎の姿を読んで、「こういう悩みを自分も悩んでみたい」と思ったはずだ。

漱石が新聞小説を書いた時代は、「女の謎」を前に悩むその悩みが商品価値を持った時代だった。実生活で彼らほど悩む余裕が持てなかった多くの読者は、紙の上で悩みのレッスンをしていたのかもしれない。あるいは、彼らの悩みに憧れながら紙の上でそれを仮想体験していたのかもしれない。夏目漱石を「国民作家」に仕立て上げたのは近代日本の教育制度だったというのが私の仮説だが、たぶんまちがいないと思っている。

漱石は誰を読者と考えていたか

漱石自身は、誰を自分の新聞小説の読者として想定していたのだろうか。『彼岸過迄』に先立って発表された「彼岸過迄に就て」（明治四五年一月一日）の次のような一節から、それを想像することができる。

東京大阪を通じて計算すると、吾朝日新聞の購読者は実に何十万という多数に上っている。その内で自分の作物を読んでくれる人は何人あるか知らないが、その何人かの大部分は恐らく文壇の裏通りも露路も覗いた経験はあるまい。全くただの人間として大自然の空気を真率に呼吸しつつ穏当に生息しているだけだろうと思う。自分はこれ等の教育ある且尋常なる士人の前にわが作物を公にし得る自分を幸福と信じている。

この一節に「教育ある且尋常なる士人」という言葉がある。これが漱石が想定した自分の小説の読者である。それは山の手に住む中流階級の男性だった。「士人」という言葉がそれを表している。その中流階級が戦後になって爆発的に拡大したことが、漱石を「国民作家」に仕立て上げた。中流階級かそれ以上の知識人層に向けて書くことは、朝日新聞社専属作家夏目漱石にとって義務に近かった。

漱石は、『道草』の直前に書かれた随筆『硝子戸の中』（大正四年一月一三日～二月二三日）の初回にこうも書いている。

私は電車の中でポッケットから新聞を出して、大きな活字だけに眼を注いでいる購読者の前に、私の書くような閑散な文字を列べて紙面をうずめて見せるのを恥ずかしいものの一つに考える。（中略）彼らは停留所で電車を待ち合わせる間に、新聞を買って、電車に乗っている間に、昨日起った社会の変化を知って、そうして役所か会社へ行き着くと同時に、ポッケットに収めた新聞紙の事はまるで忘れてしまわなければならないほど忙がしいのだから。（二）

この一節で想定されている読者は明らかにサラリーマンだ。これは当時としては常識だったようで、漱石の批判者でもあった谷崎潤一郎は、『明暗』について「二十から三十前後の学生や官吏や、会社員あたりを目安にして、その興味に投ずるように書いたにすぎない」（「芸術一家言」『改造』大正九年一〇月）と批判的に書いている。漱石が自分の小説の一般的な読者として想定していたのは「ある程度の教育を受けた若い男性」だったようだ。女性は含まれていなかった。だからこそ、漱石文学では「女の謎」が中心的なテーマとなったのである。

二人の主人公

『こころ』を読んだ漱石の第一の高弟・小宮豊隆は、ごく自然に青年を主人公と呼んでいた（「漱石先生の『心』を読んで」『アルス』一九一五年七月）。漱石存命中の同時代評においてである。国語教材の

『こころ』になれてしまった私たちには、少し意外の感がある。

　そもそも主人公とはどういう資格を持った人物だろうか。現代ではロトマンというソ連時代の文学理論家の説に従って、主人公とは〈ある領域から別の領域へ移動する人物〉だとする説明が一般的だろう（『文学と文化記号論』磯谷孝編訳、岩波書店、一九七九年一月）。本章の『草枕』でも述べたが、たとえば、NHKの「連続テレビ小説」は〈少女から女へと移動（成長）する人物〉を数十年繰り返して放映している。これが、ロトマンの言う主人公の典型である。

　しかし、この説ではたとえば物語性の高い直木賞系の主人公は説明できるが、物語性の低い芥川賞系の主人公は主人公ではなくなってしまう。そこで、〈ある領域から別の領域へ移動する人物〉を「物語的主人公」と限定的に呼ぶことを提案したい。小説にはもう一つの主人公の型があるからだ。それは〈～について考える人物〉である。こうした主人公の典型は漱石文学後期三部作の近代的知識人と呼ばれてきた男性たちで、須永市蔵（『彼岸過迄』）、長野一郎（『行人』）、〈先生〉（『こころ』）である。こうした人物を「小説的主人公」と呼ぶことを提案したい。これは漱石的主人公でもある。

　物語的主人公＝変化する主人公、小説的主人公＝思索的主人公と言えば平凡にすぎるかもしれない。物語的主人公は偶然に親和性を持ち、小説的主人公は必然に親和性を持つこともつけ加えておこう。近代は資本主義が支配する移動の時代なのだから物語的主人公は頼もしい。一方、動かないで思索を続ける小説的主人公はそれだけで反資本主義的存在である。逆に言えば、知識人を狭いところに閉じ込めると（本郷文化圏がその好例である）思索しかすることがなくなるようだ。平安京に生きた貴族もそうだったろう。だから、文学が栄えたのだ。

資本主義について書かれた本ではないが、本章の『それから』でもあげた市川浩『〈身〉の構造――身体論を超えて』（青土社、一九八四年一一月）の一節を改めて引いておこう。

> ここからあそこへゆくということは、そのときあそこはここになり、ここはあそこになるということです。われわれは、たえず自分のいまいるここを脱出してあそこへ行き、いまの向きを脱出して、反対の向きになる。（中略）脱中心化とは他者の立場に身を置くということにほかならない。

これはまさに資本主義を成立させている原理である。資本主義が機能するために〈ほしい〉という感情が喚起されなければならない。だから、新しいことは商品が成功する最大の要因となる。それは〈ここ〉から〈あそこ〉に行きたいということであり、〈現在〉から〈未来〉に行きたいと思うことであり、それはあの他者のようになりたいと思うことだ。移動である。欲望とは移動なのだ。思索し続けて移動しない小説的主人公が反資本主義的存在だとはこういう意味である。

朝日新聞社専属作家の夏目漱石は「小説的主人公」が朝日新聞の読者に好まれると考えたのだろう。ただ、漱石文学にはこの二つの主人公を組み合わせた小説もある。小説的主人公から物語的主人公の順に挙げるなら、『虞美人草』の甲野欽吾と宗近一、『三四郎』の小川三四郎と佐々木与次郎、『彼岸過迄』の須永市蔵と田川敬太郎、そして『こころ』の〈先生〉と青年だろうか。もっとも、手記を書き始める青年は「小説的主人公」になっているようにも見える。これはどういうことだろうか。

なぜ心がわかるのか

小宮豊隆は先に引いた文章で、『こころ』は肝心なところで「心理」が書かれていないと批判している。いま『こころ』は心理小説と思われているだろうし、『こころ』で生徒に心を教えようとする教師も多いだろう。だからこの批判には違和感があったのだが、『こころ』をよくよく読むなら、理由のないことではないと思えてくる。

哲学者の黒崎宏は、ヴィトゲンシュタインが提示した有名な「痛み問題」について次のように説明している。

> 我々は他人の痛みを感じる事は出来ません。もし、他人の痛みを感じれば、それは自分の痛みになるのです。〈感じる〉という事の存在構造が、そうなっているからです。しかし我々は他人の痛みを〈知る〉事は出来ます。他人の振る舞い——それは「痛みの振る舞い」と言われ、そこには「痛い!」といった言語的振る舞いも含まれます——を通じて知る事が出来るのです。(中略)したがって、私の〈痛みの振る舞い〉が、私の〈痛み〉の存在根拠なのです。私の痛みは、私の痛みの振る舞いを根拠にして、その存在を確保するのです。(『言語ゲーム一元論——後期ウィトゲンシュタインの帰結』勁草書房、一九九七年一二月)

こういうことだ。私たちの痛みは、「痛い!」という言語的振る舞いも含めて、痛みの振る舞いによって他者に伝わるということなのだ。『こころ』において、心はまさにこのように書かれている。

「奥さんと御嬢さんの言語動作を観察して、二人の心が果して其所に現われている通(とおり)なのだろうかと疑(うたが)っても見ました。そうして人間の胸の中に装置された複雑な器械が、時計の針のように、明瞭(めいりょう)に偽りなく、盤上の数字を指し得るものだろうかと考えました」(下三九)と。振る舞いがそのまま心だと、〈先生〉は考えているのだ。それが〈先生〉の心に関する考え方だった。しかし、振る舞いの解読コードを持たない〈先生〉には心がわからない。

これはそのまま漱石の書き方でもあって、漱石は肝心なところでは振る舞いしか書かなかった。その肝心なところの例をあげておこう。奥さんと静と〈先生〉が連れ立って反物を買いに行ったのを友人に見られた〈先生〉が冷やかされたのを奥さんに話した後のこと、奥さんと静の結婚の話になった。しかし、肝心の静の気持ちがわからない。

さっきまで傍(そば)にいて、あんまりだわとか何とか云って笑った御嬢さんは、何時の間にか向うの隅に行って、脊中を此方(こっち)へ向けていました。私は立とうとして振り返った時、その後姿を見たのです。後姿だけで人間の心が読める筈はありません。御嬢さんがこの問題についてどう考えているか、私には見当が付きませんでした。御嬢さんは戸棚を前にして坐っていました。その戸棚の一尺ばかり開(あ)いている隙間(すきま)から、御嬢さんは何か引き出して膝(ひざ)の上へ置いて眺めているらしかったのです。私の眼はその隙間の端(はじ)に、一昨日(おととい)買った反物を見付け出しました。私の着物も御嬢さんのも同じ戸棚の隅に重ねてあったのです。(下十八)

〈先生〉は「後姿だけで人間の心が読める筈はありません。御嬢さんがこの問題についてどう考えているか、私には見当が付きませんでした」と書いているが、その直後になぜ傍線部のような記述があるのだろうか。これこそが御嬢さんの振る舞いであって、御嬢さんの「この問題」についての答え以外の何ものでもないだろう。文学的想像力を少しだけ働かせれば、戸棚に重ねてあった〈先生〉と御嬢さんの反物は、やがて結婚して重ねられることになる二人の身体をイメージさせるのではないだろうか。（もっとも、結婚した〈先生〉は御嬢さん（静）と性交渉は一度もなかったと、私は考えている。だから、子供はできるはずがない。）

漱石は振る舞いをもって心を想像させるように書いている。これが『こころ』の叙法なのだ。小宮豊隆が「心理」が書かれていないと批判したのは無理もないことだったのである。

青年と静

「先生」の遺書＝手紙はこう閉じられていた。

私は私の過去を善悪ともに他(ひと)の参考に供する積りです。然し妻だけはたった一人の例外だと承知して下さい。私は妻には何にも知らせたくないのです。妻が己れの過去に対してもつ記憶を、なるべく純白に保存して置いて遣りたいのが私の唯一(ゆいいつ)の希望なのですから、私が死んだ後(あと)でも、妻が生きている以上は、あなた限りに打ち明けられた私の秘密として、凡てを腹の中にしまって置いて下さい。（「先生と遺書」五十六）

この遺書＝手紙は閉じられてはいない。「他の参考に供する積りです」とあるのだから、〈先生〉は未来を信じているのだ。では、いつなら「他の参考に供」してもいいのだろうか。「妻だけはたった一人の例外」とあるのだから、この言葉を厳格に守れば、公表できるのは「妻＝静」が亡くなってからになる。しかし、青年は「手記」に〈先生〉の「過去」について、「奥さんは今でもそれを知らずにいる」（「先生と私」十二）と書いていた。この語感からは、「妻＝静」はいまも生きていると判断するのがふつうだろう。

青年の「手記」はこうはじまっていた。

> 私はその人を常に先生と呼んでいた。だから此所でもただ先生と書くだけで本名は打ち明けない。これは世間を憚かる遠慮というよりも、その方が私に取って自然だからである。私はその人の記憶を呼び起すごとに、すぐ「先生」と云いたくなる。筆を執っても心持は同じ事である。余所々々しい頭文字などはとても使う気にならない。（「先生と私」一）

青年は「世間を憚かる遠慮」と書き、「筆を執っても心持は同じ事」と書いていた。青年は「妻＝静」が生きているいま、この「手記」を「世間」に公表するために書きはじめているのだ。なぜそんなことが可能なのだろうか。先の〈先生〉の遺書＝手紙にはこうあった。「妻が己れの過去に対してもつ記憶を、なるべく純白に保存して置いて遣りたい」と。ここにはとても重要な語句が書き込まれている。

それは「なるべく」である。〈先生〉の公表の禁止は絶対ではなく、「なるべく」だったのである。しかも驚くべきことに、漱石の原稿（いまは複製が出ているので誰でも確認できる）にはこの「なるべく」はあとからわざわざ風船（原稿用紙の枠の外に文字を丸で囲って加筆したもの）で加筆してあるのだ。この一句の加筆で、遺書＝手紙の公表は絶対禁止ではなくなったのである。

原稿に加筆されたところをあと二例あげておこう。

「子供でもあると好いんですがね」と奥さんは私の方を向いて云った。私は「そうですな」と答えた。然し私の心には何の同情も起らなかった。子供を持った事のないその時の私は、子供をただ蒼蠅(うるさ)いものの様に考えていた。（「先生と私」八）

この一節に加筆されたのは、「その時の」なのだ。「子供を持った事のない私」が「子供を持った事のないその時の私」に変更されたのである。前者ならいまも青年には子供はいないことになるだろう。しかし、それに「その時」と限定辞がつけば、いまは青年には子供がいることになる。これも驚くべき加筆である。

鎌倉で〈先生〉と出会って帰京した青年が、はじめて〈先生〉の家を訪ねた場面である。

それで始めて知り合になった時の奥さんに就いては、ただ美くしいという外に何の感じも残っていない。（「先生と私」八）

これはじめ「それで奥さんに就いては、何の感じも残っていない」というそっけない文章だった。これだと、いまも「何の感じ」も抱いていないことになるだろう。それが加筆されて「それで始めて知り合になった時の奥さんに就いては、ただ美くしいという外に何の感じも残っていない」にまでふくらんでいるのである。いまは「ただ美くしいという外に」何らかの感じを持つまでに親しい関係になったことが暗示されている。それは、奥さん＝静を「批評的に見る」（「先生と私」二十）ほどの関係ではなかっただろうか。

漱石の原稿への書き込みや削除の性格はほぼ一貫していることがわかる。青年が「手記」を書く「いま」に向けて時間を開いていく方向で加筆と削除がなされてるのだ。「いま」が浮かび上がるような方向で、漱石は原稿を微妙に調律している。このことから、こういう推論が成り立ちそうだ。それは、漱石には汽車に飛び乗った青年のその後の構想があったということだ。それが『こころ』という小説の（書かれなかった）余剰の物語として、「その時」や「なるべく」といったいくつもの痕跡を残しているのではないだろうか。

こうした原稿への加筆は、小森陽一論文が暗示する、手記を書く青年と静との間には子供がいるという説と一致する。小森陽一はそれを結婚とは呼ばず「「奥さん」―と―共に―生きること」と呼んでいる（「『こころ』を生成する心臓（ハート）」ちくま文庫版『こころ』の解説）。こういう状況において、青年は手記を書きはじめたのだ。

「私」は一人称か

『こころ』を特徴づけているのは手紙と手記である。それは「私は」と、「私」を言葉＝主語にすることである。大橋洋一はこう言っている。

たとえば文の主語（Subject）と語る主体（Subject）の混同の問題。わたしは自分がどういう人間なのか、ほんとうはわかっていません。これは誰でも同じでしょう。しかし自分のことを「わたし」と語ることで、ほんとうは曖昧模糊として矛盾をいっぱいかかえているはずのわたしが、なにかまとまりをもった統一的自我の持ち主とさえ思えてくるとしたら、まさに鏡像を自分の姿と誤認した幼児とまったく同じ精神構造にとらわれているわけです。「わたし」という言葉は、わたしの本来の姿を隠し、わたしを充実した統一した主体にみせかける。そしてそのときわたしは言語の秩序という他者の領域に従属していることになるのです。（『新文学入門――T・イーグルトン『文学とは何か』を読む』岩波書店、一九九五年八月）

「私は」と、「私」を主語にして語ったとき、私たちは「私は」というときの「は」という助詞で自分と他者とを切り分けている。その上で、「私」という主体を「は」という助詞によって他者に差し出している。その時何が起きているのか。主体「私」はその発言内容によって自らを輪郭づけ、一方で他者に意味づけられているのだ。文の主語は、語る主体と、それを読み、聞く他者とが出会い混じり合う場である。

語る主体「私」は、主語「私は」によって言葉の意味が結ばれる地点から逆に主体「私」を輪郭づけられるが、それがどこかは偶然に任せるしかない。読み、聞く他者は、何が手に入るかわからない「命がけの跳躍」（マルクス）を経て、「私」から意味を買う。その他者は「私」に対して常に未来にある。だから、「私は」という主語は「私」という主体を統合しない。拡散し続けるのだ。いや、漱石的主人公が「私は」と語ったとき、偶然に身を任せ、未来を信じている。ただし、買ったのは空箱だったかもしれない。漱石的主人公と漱石とは違う。空箱を売った漱石は、未来を信じていたにちがいない。

『こころ』の「私」は一人称だろうか。実は、「あなた」を内包した複数形の二人称「私たち」ではないだろうか。〈先生〉が「私は」と語りそして書くとき、その宛先には生徒としての真面目な青年がいる。もし青年が現れなかったなら、おそらく〈先生〉は「私は」という主語で「私」を差し出そうと思わなかっただろう。だから、〈先生〉が「私は」と語り書いたときには、すでに複数形の二人称になっている。つまり、私とあなた、「私たち」になっているのではないだろうか。

漱石文学は、「私」が「私たち」になるのか、それとも「私」のまま終わるのかというテーマをめぐって書かれている。他の小説では主人公は孤独な「私」のままだ。しかし、『こころ』は悲劇にも読めるが、そして実際そうでもあるのだが、「私」が「私たち」になる幸福な小説ではないだろうか。小森陽一のひそみにならえば、青年は手記を「私たち」、すなわち「静―と―共に―書いている」ことになる。「私」として出発した青年が「私たち」になる物語なのだ。原稿の修正はそう物語っている。

たとえどれだけ不幸に見えても、〈先生〉もそうだったのではないだろうか。〈先生〉にとっての「あなた」は静ではない。Kである。〈先生〉はKの死の重みを背負って生きる道を選んだ。それが〈先生〉なりの「私」を「私たち」にするやり方だったのかもしれない。〈先生〉は「K—と—共に—生きること」を選んだのだから。

Kを理解する?

教材化された『こころ』は正月の歌留多取りからはじまりKの自殺の場面で終わる抄録も少なくない。これだと〈先生〉の「私」が「私たち」にならず、「私」のまま終わる。いわば反面教材になってはいないだろうか。そこで、というわけでもないだろうが、省略部分の梗概を書いて何とか『こころ』の全体像を生徒にわかってもらう工夫をした教科書もまた少なくない。そうした教科書をいくつか見ておきたい。

①西尾実ほか編『現代国語二』筑摩書房、一九六三年

【学習ノート】

一　この小説を読んだ感想を、ノートに書いてみよう。そのうえで、特にこういう点について友人たちと話し合って、さらに考えてみたいと思う問題点を、別にメモしておこう。

二　「わたくし」とKの性格は、どのように描かれているか。そのよくうかがわれる部分をメモしておこう。

三　「わたくし」のKに対する態度や気持は、どんな原因で、どう変化していくか、要点をメモしてみよう。

四　次の場合の「わたくし」の心理状態について、クラスで話し合うことができるように、確かめておこう。

㋑　十一月の雨の降る日に、往来でKとお嬢さんとのふたりに偶然出会ったおり。

㋺　Kから、はじめて不意に、お嬢さんに対する恋を打ち明けられたおり。

㋩　奥さんに、お嬢さんとの結婚を申し込んだあとで、Kに対したおり。

㊁　Kの自殺を発見したおり。

五　作者夏目漱石について、簡単な年譜を作り、その文学の特質についても研究してみよう。できれば、『こころ』の全部を読んでみよう。

【学習の手引き】

一　この小説を読んで、最も強く心に残った問題は何か。「学習ノート一」にメモした問題点をあげながら、読後感を話し合ってみよう。

二　次の点について、あなたの考えの根拠になるような部分をあげながら、話し合ってみよう。

㋑　Kの、お嬢さんに対する関心は、初めの間はどのようであったか。あとではどう変わっていったか。

㋺　Kの、お嬢さんに対する関心の変化につれて、「わたくし」のKに対する友情は、心理的にどのように変わっていったか。
㋩ 奥さんに、お嬢さんとの結婚を申し込んだあとで、「わたくし」は、この新しい関係を、どうしてKに知らせることができなかったのか。
㋥ 奥さんから、「わたくし」とお嬢さんとの結婚の話を聞いた時のKの態度は、どうか。その時のKの様子を聞いた「わたくし」の気持は、どうか。
㋭ 「おれは策略で勝っても人間としては負けたのだ。」と感じた「わたくし」の気持について、話し合ってみよう。
㋬ Kを自殺に追いやった原因は何か。「わたくし」は、Kの自殺の原因をどう受けとめているか。
三 友情と恋愛の問題から、この小説に描かれている人間関係について話し合おう。
四 作者は、友情と恋愛の問題を追及しながら、この作品で何を描こうとしていると考えられるか。
五 この小説の文体の特色は、どんな点にあると思うか。

『こころ』を本格的に収録したはじめての教科書である。はじめに全体のごく簡単な数行の梗概があげられて、下編（「先生と遺書」）が抄録されている。長めの梗概をいくつかはさんで、Kとお嬢さんがおそらく〈先生〉の想定以上に親密になっていくように見えるところと、Kの自殺した場面が収録されている。

【学習ノート】を見ても【学習の手引き】を見ても、もうK、K、Kである。主人公はKで、極端に言えば「わたくし」（〈先生〉）は加害者扱いだ。問いは「変化」に力点が置かれている。なるほど変化するのは「物語的主人公」の証だった。そして、長いあいだ文学研究はハッキリ意識せずとも、「物語的主人公」だけを主人公としてきたにちがいない。一方の〈先生〉は、「小説的主人公」であって「心理状態」は書かれていても「変化」する人物ではない。こういう問いの束を見ていると、文学研究においても、なぜKを主人公だと捉えられなかったのかと不思議な気さえする。思い込みは怖ろしい。

【学習の手引き】には優れた点がある。それは二において「あなたの考えの根拠になるような部分をあげながら」としているところだ。私は、「根拠」をあげずに感想を言うことを「好きに読むこと」と呼び、「根拠」をあげて意見を述べることを「自由に読むこと」と呼び分けること、使い分けることを提案している。自分の楽しみのために読むときには「好きに読むこと」でいい。しかし、授業はわざわざ集まるのだから感想ですませるのはもったいない。学校の授業に求められるのはもちろん「自由に読むこと」である。それでこそ思考が鍛え上げられ、文学を教室で学ぶ意義もあろうというものだ。

小学校以来、国語では「感想」を求めすぎる。だから、大学一年生に求めるのはまずこの「根拠」をあげて意見を述べることなのである。先の意味での「自由に読むこと」が疎かにされすぎている。そもそもなぜ「感想」に点数が付けられるのか、私には不思議でならない。私には怖ろしくてできない。教師に、児童・生徒を人間として評価する権限などあるのだろうか。この設問の束が訴えているのは、そういうことだ。

一方、三と四に「友情と恋愛」とくり返されているのは注目に値する。これが教科書の『こころ』

のテーマを決定づけたように思う。功罪半ばする問いの束だった。

②松村明・新間新一・鈴木一雄編『現代国語3』旺文社、一九七六年

学習

一　本文を内容によって幾つかの部分に分け、話の展開を整理してみよう。

二　房州旅行における「私」とKの心の動きを考えてみよう。また二人が炎天下の強行軍をあえてした理由を話し合ってみよう。

三　次の事がらについて考えてみよう。

1　Kの告白を聞いて、「私」が「恐ろしさのかたまり」になったのはなぜか。

2　「私」がKに投げつけた「精神的に向上心のない者はばかだ。」ということばには、「私」のどういう考えがこめられていたのか。

3　「覚悟」ということばにKのこめた意味と、このことばについての「私」の理解とは、どのように食い違っていたか。

4　「私」はなぜ「おれは策略で勝っても人間としては負けたのだ」と感じたのか。

四　Kの死を発見した時の、「私」の心情と態度について考えてみよう。

五　Kの性格と、死に至るまでの気持ちの動きについて、本文中の表現を細かく追いながら考えてみよう。

六　「人間らしい」ということばを軸にして、この作品に描かれた人間像について現在のわれわれの

立場から話し合ってみよう。

七 「こころ」という題名について考えてみよう。

二ページにわたる長い梗概のあとに、房州旅行の場面とKの自殺の場面が収録され、その後の梗概で締めている。

この学習にははっきりした特徴がある。それは二ですでに明らかだ。「「私」とK」や「二人が」という言葉がそれを示している。『こころ』を〈先生〉とKとの二人の物語と読もうとしているのである。「私たち」への第一歩を踏み出している。

また、三の3では「覚悟」という言葉に注目させている。しかも、Kが使った意味と〈先生〉の受け止め方が違っていることを前提として問うているのである。Kは死の覚悟の意味で使い、〈先生〉は恋心を告白する覚悟と受け止めてしまったことが〈先生〉に抜け駆けをさせるのだから、物語の結節点とも言える大きな食い違いである。みごとな問いだが、問いにおいて答えをあらかじめ決めてしまったことはよかったのかどうか。

③平岡敏夫ほか編『現代の国語Ⅱ』大修館書店、一九九四年

☆一 次の場面における「私」の心理をまとめてみよ。

① お嬢さんに対する恋をKから打ち明けられた場面。

② お嬢さんと「私」が結婚することをKに話した、と奥さんから聞かされた場面。

③ Kの自殺を発見した場面。

☆2 「彼に都合のいい返事」とは、具体的にどのような返事か。

☆3 「理想と現実の間に彷徨して」とあるが、この「理想」と「現実」のそれぞれの内容を明らかにせよ。

☆4 「精神的に向上心のない者はばかだ」という言葉を投げ返すことが「復讐以上に残酷な意味を持っていた」のはなぜか。

☆5 「もしだれか私のそばへ来て、……立ち帰ったかもしれません。」と、「もしこの驚きをもって、……まだよかったかもしれません。」の文に見える「もし……なら（らば）……かもしれません」という言い方に、この遺書を書いている「私」（「先生」）のどのような気持ちがこめられているか。

☆6 次の「覚悟」は、それぞれどのような意味か、考えてみよ。

① 「私」が「君の心でそれをやめるだけの覚悟がなければ。」と言った時の「覚悟」。

② Kが「覚悟ならないこともない。」と言った時の「覚悟」。

③ 「新しい光で覚悟の二字を眺め返してみた」時に「私」が解釈した「覚悟」。

☆7 次の「何にも知らない」はそれぞれどのようなことを知らないのか。

① 「何にも知らないお嬢さん」

② 「何にも知らないK」

③ 「何にも知らない奥さん」

☆8　「策略で勝っても人間としては負けた」とはどういうことか。
☆9　この小説を読んで考えたことを八百字程度の文章にまとめてみよう。
☆10　できれば「こころ」全体を通読してみよう。

二ページにわたる長い梗概のあとに、Kの告白から自殺の場面が収録され、その後の梗概で締めている。

この問いの束にもはっきりした特徴がある。「私」（〈先生〉）に焦点化していることである。しかも、後に〈先生〉が後悔することになるポイントを中心に問うている。入試問題でもそうだが、設問が無秩序に並ぶことはまずない。小説ならある物語を想定し、評論でもある論理の展開を想定して作成するものだ。この問いの束は、『こころ』全体を〈先生〉の悔恨の物語と読む前提で問われているようだ。

6ではやはり「覚悟」の内容を問うている。7ではくり返される「何にも知らない」という言葉に注目させている。「知らない」ことが悲劇を生む。そして、彼らが「何にも知らない」のは〈先生〉のせいなのである。なお、この「何にも知らない」問いは、尚学図書の『新選　現代国語　三』（一九七〇年）とまったく同じである。教材そのものも含めて、国語教科書ではたまにあることだ。

④坪内稔典ほか編『現代文B』数研出版、二〇一四年

学習

1　「私（＝先生）」のKに対する心情を、次の(1)〜(5)に分けて整理してみよう。

(1)Kからお嬢さんへの恋を打ち明けられたとき。

(2)Kと上野を散歩したとき。

(3)上野から帰った晩。

(4)Kが夜中に襖を開けて「私」に呼びかけた翌朝。

(5)お嬢さんとの結婚が決まった後。

2　Kが用いた「覚悟」という言葉について、次の(1)・(2)にそれぞれ答えてみよう。

(1)「覚悟」という言葉を「私」はどのように解釈しているか。時間の経過に従ってまとめてみよう。

(2)「覚悟」という言葉をKはどのような意味で用いたのか。考えてみよう。

3　Kの自殺について、次の(1)・(2)にそれぞれ答えてみよう。

(1)Kの自殺を発見したときの「私」の心情と行動はどのようなものだったか、まとめてみよう。

(2)Kの手紙の内容をまとめ、Kの自殺の理由を考えてみよう。

発展

1　作者がこの作品で描きたかったことは何か。『こころ』全編を読んで、自分の意見を書いてみよう。

2　この作品の舞台であり、夏目漱石自身も生きた「明治」とは、どのような時代だったと考えられるか。話し合ってみよう。

ことばと表現

1　「私」とKの下宿において、二人の部屋の「仕切りの襖」は、どのような場面で使われ、どのような効果を上げているか。説明してみよう。

はじめに数行の梗概で青年が〈先生〉と出会うまでを紹介し、帰郷した青年が〈先生〉を訪ね、「私は淋しい人間です」と「淋しい」をくり返す章が収録され、梗概が入ってから、正月の歌留多取りからKの自殺の場面まで収録し、その後の梗概から、再び〈先生〉の遺書の最後が収録されている。**学習**も**発展**も良くも悪くも平均的でとりたてて特徴はない。特筆すべきなのは**ことばと表現**である。この問いは第一章の『こころ』の襖」で詳述したように、「仕切りの襖」は〈先生〉にとっては「仕切り」だが、Kにとっては〈先生〉とのわずかな心の通路だった。もっと言うなら、切ないコミュニケーションの手段でもあった。「私たち」を切実に求めながら、自分でさえそれに気づかなかったKが、あの晩、それに気づいたのだろう。〈先生〉は、「私は仕舞にKが私のようにたった一人で淋しくって仕方がなくなった結果、急に所決したのではなかろうかと疑い出しました」（下五十三）と書いている。わかったのだ。だから「K—と—共に—生きること」を選んだのだ。明治の終わりが来るまでは。

VIII　ヨーロッパ近代と資本主義――『現代日本の開化』

『それから』の中の『現代日本の開化』

漱石の講演はどれも前置きが長い。『現代日本の開化』も例外ではなく、およそ四分の一ほどは前置きと見てもいいようなダラダラした話である。文字で読むと本題に入る前に飽きてしまうのだが、実際の講演では「あの夏目漱石の声」を聞くだけでも嬉しかったのだろう。

漱石は疲れてもいたのだろう。前年の明治四三年には大吐血によって一時人事不省に陥った「修善寺の大患」を経験しており、その予後を養うために四四年は小説の連載を休んでいた。そこで、朝日新聞社主催の講演会のために八月、真夏の暑い関西で「道徳と職業」、「現代日本の開化」、「中味と形式」、「文芸と道徳」という四つの講演をこなしたのである。この関西旅行は、のちに『行人』の前半に生かされている。これは覚えておきたい。

『現代日本の開化』では、漱石はおおよそ次のように述べている。

西洋の開化は歴史の必然によった内発的なものだが、明治維新以後の日本の開化は、西洋が一〇〇年かかって到達した地点に一〇年で追いつかなければならない外発的で上滑りなものである。しかし、日本はそうやっていくしかないと。

この講演が行われた明治四四年は日露戦争が終わった明治三八年から数年経っているが、漱石の目には、それでも、あるいはそれゆえに、日本人が慢心しているように見えたのだろう。講演の趣旨は、日露戦争に勝ったくらいで慢心するなというところにあったからだ。『三四郎』の広田先生のように。幸いなことに漱石は日露戦争が終わった年に作家デビューして、第一次世界大戦が始まってから二年後に亡くなった戦間期の作家だったが、日本が日清、日露の二つの戦争をしたことの意味ははっきり見ていた。漱石には日本がまた戦争をしそうな国に見えていたはずだ。

しかし現代の目から見ると、漱石の西洋の内的開化へのスタンスに疑問が湧く。では、西洋の開化ならよいのかと。この講演記録を読む限り、そう思えてしまう。漱石は日本人の慢心を諌めるために、とりあえず西洋の開化をよしとしたのだという考え方もあるだろうが、そうだろうか。漱石文学を読んだなら、そもそも開化＝文明化＝西洋化への批判に貫かれているというべきだろう。それはこの講演の少し前、明治四二年に書かれた『それから』ですでに『現代日本の開化』が批判されてることでもはっきりしている。

もちろん、『それから』ですでに『現代日本の開化』が批判されているというのは言いすぎなのだが、『それから』の三千代が、代助の議論の矛盾をたった一言で言い当ててしまっていて、しかもその一言は漱石文学のほとんどすべての男性知識人主人公にあてはまってしまうとなれば、ことはそう簡単ではない。『それから』において三千代の一言がどういう風に発せられたのか、確認しておこう。

代助は、失職した友人の平岡に「何故働かない」と問い詰められて、こう答える。

何故働かないって、そりゃ僕が悪いんじゃない。つまり世の中が悪いのだ。もっと、大袈裟に云うと、日本対西洋の関係が駄目だから働かないのだ。第一、日本ほど借金を拵えて、貧乏震いをしている国はありゃしない。この借金が君、いつになったら返せると思うか。そりゃ外債ぐらいは返せるだろう。けれども、それればかりが借金じゃありゃしない。日本は西洋から借金でもしなければ、到底立ち行かない国だ。それでいて、一等国をもって任じている。そうして、無理にも一等国の仲間入りをしようとする。だから、あらゆる方面に向かって、奥行を削って、一等国だけの間口を張っちまった。なまじい張れるから、なお悲惨なものだ。牛と競争する蛙と同じ事で、もう君、腹が割けるよ。その影響はみんな我々個人の上に反射しているから見たまえ。こう西洋の圧迫を受けている国民は、頭に余裕がないから、碌な仕事はできない。ことごとく切り詰めた教育で、そうして目の廻るほどこき使われるから、揃って神経衰弱になっちまう。話をして見たまえたいていは馬鹿だから。自分の事と、自分の今日の、只今の事より外に、何も考えてやしない。考えられないほど疲労しているんだから仕方がない。精神の困憊と、身体の衰弱とは不幸にして伴なっている。のみならず、道徳の敗退もいっしょに来ている。(六)

代助の大演説はまだ続く。それは『現代日本の開化』の日本の開化は上滑りという部分の具体的な説明になりそうだが、代助の話し方に品がないからこの辺で黙らせよう。なるほど、漱石文学の男性知識人主人公たちは働かない。これはまさに『それから』の節で引用した山崎正和の説明そのものである。改めて引用しておこう。

「先生」にしても、宗助や代助にしても、漱石の主人公は、ほとんどが社会的にきはめて有能であり、あるひは有能であり得る可能性を秘めてゐるといふことです。彼らは自己処罰によってこそ縛られてはゐても、社会的な敗残者ではなく、いはば自己の能力と闘つて、自分を行動の禁治産者にしてゐる、と見るべきでせう。見方によれば、そこにはじつに豪華な人間能力の浪費があるのであつて、その姿勢は、たとへば島崎藤村の、「自分のやうなものでも、どうかして生きたい」、といふ精神の極北にあるものといはなければなりません。

たとえば、ロシア文学の「余計者」のような、その教養の高さゆえに社会とそりが合わず働かない知識人。直接社会を批判せずとも、その存在だけで社会への批判になり得るような知識人。漱石文学の男性知識人主人公たちは、そのように理解された時代があった。

しかし『それから』では、代助の働かない理由を述べた大演説は、三千代の「少し胡麻化していらっしゃる様よ」の一言で正当性を失ってしまうのだ。事実、代助が生活のための労働では良い仕事はできないと続けると、では、生活のために働かなくてよい君こそが良い仕事ができるのだから働かなくてはと、平岡に言い込められてしまうのである。代助の完敗である。

『こころ』でも静が、知識人になる過程にある青年に「あなたは学問をする方だけあって、中々お上手ね。空っぽな理屈を使いこなす事が」とか、「議論はいやよ。よく男の方は議論だけなさるのね、面白そうに。空の盃でよくああ飽きずに献酬ができると思いますわ」と手厳しい批判の言葉を浴びせかける。青年はぐうの音も出ない。

『行人』の中の『現代日本の開化』

漱石は英訳の『資本論』を持っていたが、おそらく読んではいない。これは小倉脩三氏、小森陽一氏、英文学者の富山太佳夫氏と東北大学附属図書館に赴いて、漱石の蔵書を収めた漱石文庫を調査した結論である。漱石は読んだ本には必ず書き込みをするが、『資本論』にはそれが一切なく、それ以外にも読んだ形跡がまったくないのである。ただし、ハンドブックのたぐいで『資本論』の知識を得ていたようだ。事実、『資本論』への言及はいくつかある。

漱石はイギリスで人種差別も嫌と言うほど体験したようだ。これも漱石文庫の蔵書の書き込みからわかる。ある本に、知的能力は白人が優れており、黄色人種はまだ発展途上だというようなことが書いてあった。そこに「それなら黄色人種こそ有望ではないか」と英語で殴り書きがしてあった（富山太佳夫氏に解読してもらったのである）。これも無視できない。

人種差別と言えば、奴隷制がすぐに思い浮かぶ。奴隷制が産業革命を支え、資本主義の基礎を作ったことは常識である（エリック・ウィリアムズ『資本主義と奴隷制』中山毅訳、ちくま学芸文庫、二〇二〇年七月）。奴隷がいなくなったとしたら、人類はどうやってコストのかからない労働力を得ようとするだろうか。チャールズ・W・ミルズは、白人とそれ以外を人種という概念で切断すればいい。太平洋戦争は、「真の白人」とは誰かを決める戦争だった。私たちは気づかないうちに契約させられた詐欺商法のように、そういう人種契約を結んでしまって信じ込んでいると言う（『人種契約』杉村昌昭・杉田正貴訳、法政大学出版局、二〇二二年一〇月）。

こうしたストーリーが世界の形を決めるのである。ジョナサン・ゴットシャルは、いま世界のストーリーテラーはローマ教皇だと言う(『ストーリーが世界を滅ぼす　物語があなたの脳を操作する』月谷真紀訳、東洋経済新報社、二〇二二年八月)。そうだろう。私たちはそういう「契約」をしているのだ。漱石は時代のストーリーテラーに気づくことができただろうか。『現代日本の開化』を読む限り、はっきり気づいていたと思われる。そして、そのストーリーが人類に不幸をもたらすことも。

漱石文学では働かないことが資本主義社会への批判となっていることはまちがいないが、彼らは落ち着いてはいられない。たとえば『行人』の長野一郎のように、速度への恐怖という実存的な不安に苛まれているのである。一郎はこう言う。「人間の不安は科学の発展から来る。進んで止まる事を知らない科学は、かつて我々に止まる事を許してくれた事がない。(中略)実に恐ろしい」と。速度こそは文明の根本だった。そして、速度をもっとも必要としたのは戦争である。

ポール・ヴィリリオは戦争論でもある『速度と政治――地政学から時政学へ』(市田良彦訳、平凡社、二〇〇一年七月)で、こう言っている。「西欧の人間が到底多いとは言えない人口にもかかわらず優越性をもち支配的であるように見えたのは、より速い者として現れた」からで、わけてもイギリスの優位性が確立したのは「「産業革命」ではなく「速度体制の革命」が、民主主義ではなく速度体制が、戦略ではなく速度術が存在した」からだというのだ。近代日本がイギリスから学んだのもこのことだった。言うまでもなく、漱石が留学したのはイギリスである。漱石は速度を体験してきたのだ。

『現代日本の開化』にこういう一節がある。

早い話が今までは敷島(しきしま)か何か吹かして我慢しておったのに、隣の男が旨(うま)そうに埃及煙草(エジプトたばこ)を喫(の)んでいるとやっぱりそっちが喫みたくなる。（中略）どうしても埃及へ喫み移らなければならぬと云う競争が起って来る。（中略）かく積極消極両方面の競争が激しくなるのが開化の趨勢だとすれば、吾々は長い時日のうちに種々様々の工夫を凝し智慧を絞ってようやく今日まで発展して来たようなものの、生活の吾人の内生に与える心理的苦痛から論すれば今も五十年前もまた百年前も、苦しさ加減の程度は別に変わりはないかも知れないと思うのです。（中略）これほど労力を節減できる時代に生れてもその忝けなさが頭に応えなかったり、これほど娯楽の種類や範囲が拡大されても全くそのありがたみが分からなかったりする以上は苦痛の上に非常という字を附加しても好いかも知れません。これが開化の産んだ一大パラドックスだと私は考えるのであります。

これは開化一般に言えることで、ましてや日本の外発的開化においては、となるのである。敷島から埃及煙草へという例は、まさに資本主義が「ほしい」によってなりたっていることを端的に物語っている。それが競争を生み出し、さらにそれを加速して人を苦痛に陥れるとは、『行人』の長野一郎の「恐れ」そのものである。なぜ火薬も羅針盤も印刷技術も近代システムも、四大文明発祥の地ではなくヨーロッパで発展したのかと言えば、それはヨーロッパが貧しく、そして三〇〇ほどの諸侯が常に争っていたからである。つまり、速度を必要としていたのだ。『現代日本の開化』のこの一節はヨーロッパ近代をみごとに説明している。内発的開化だの外発的開化だのと言うより、こちらの方がよほど重要なのだ。

下田淳は、ヨーロッパ近代を発展させたのは「棲み分け」だという説を展開している（『「棲み分け」の世界史　欧米はなぜ覇権を握ったのか』NHKブックス、二〇一四年一〇月）。一つは地理的な棲み分けで、したがって争いが絶えない。もう一つは時間と空間の棲み分けで、空間的棲み分けの例は聖と俗の場所での棲み分け、時間の棲み分けは言うまでもなく時間で日常を区切って労働の時間を作り出した。これは資本主義の根本である。繰り返すが、棲み分けられているから、あっちが「ほしい」が生まれるのである。

これが棲み分けであるレベルならまだいいが、そのレベルにとどまってはいない。岩崎育夫は、「ヨーロッパ勢力が世界に広めたもの」を上のように四つあげている（『世界史の図式』講談社選書メチエ、二〇一五年一一月）。世界史を書くのは西洋史の専門家が多いが、岩崎育夫はアジア史が専門である。それでこういうハッキリした構図が見えたのだろう。

ヨーロッパ勢力が世界に広めたもの

1 近代国家の類型
2 資本主義
3 人種差別観
4 新世界の民族構成の変容

漱石はイギリスで差別を嫌というほど体験しているから、これらを肌で知っていた。「競争」がなぜ起きるのか、「競争」が何を引き起こすのか、それを漱石は知っていた。だから、漱石は日露戦争に勝って慢心する日本を諫めようとしたのだ。

やはり内発的開化は是で、外発的開化は否

国語教科書の『現代日本の開化』は、「現代日本の開化は一般の開化とどこがちがうか、というのが問題です」からはじまり「悪いところは大目に見ていただきたいのであります」までがほとんどで

ある。これではやはり内発的開化は是で、外発的開化は否という以外の読み方はできようはずもない。この教科書収録文が内向きな保守のような論調として受け止められるか、それでも開化は進めなければならないという漱石の主張を受けて、ではどうすれば上滑りにならずに開化ができるのかと発展的に受け止めるのか、教師の力量が問われる教材である。

(一)西尾実・臼井吉見・木下順二他編『現代国語3　改訂版』筑摩書房、一九六七年

【学習ノート】

一　この講演の冒頭部分で、「西洋の開化(すなわち一般の開化)は内発的であって、日本の現代の開化は外発的である。」と述べているが、内発的と外発的の違いについて、夏目漱石はどう説明しているか注意し、要点をメモしながら論旨をたどってみよう。

二　次のことばの傍線の部分の内容を具体的にとらえながら、漱石の考えをノートしておこう。

(イ)「そういう外発的の開化が、心理的にどんな影響を吾人に与うるか……。」とあるが、心理的にどんな影響を与えると考えているか。

(ロ)「それをあえてしなければ立ち行かない日本人は、ずいぶん悲惨な国民……。」とあるが、どんな点が、なぜ悲惨だと言っているか。

(ハ)「それが悪いからおよしなさいというのではない。事実、やむをえない、涙をのんで上すべりにすべっていかなければならないというのです。」とあるが、上すべりとはどういう状態か、またなぜそれがやむをえないと考えているか。

三　「心理学の講筵でもないのにむずかしいことを申し上げるのもいかがと存じますが……。」、とあるが、どんな必要から心理学の説明を述べているのか、またそれは、論理を進める上で、どんな効果をあげているかについて考えてみよう。

四　講演として、話の進め方ですぐれていると気づいた点をメモしてみよう。特に、比喩や事例の用い方で、巧みであると思うものを拾い上げておこう。

【学習の手引き】

一　漱石はこの講演で、現代日本の開化をめぐって、どんな問題点を掘り下げて論じているか。

二　漱石は、「日本の現代の開化は外発的である。」と述べているが、外発的な開化を、どのように批判しているか。

三　また、「開化の推移はどうしても内発的でなければうそだ」と述べているが、それはどういう考えから主張されているか。

四　「われわれは日本の将来というものについて、どうしても悲観したくなる……。」とあるが、この悲観的な結論に対して、あなたの意見はどうか。

五　ここで漱石の提出している問題は、今日ではすでに解決されているかどうかについて、話し合ってみよう。

六　「学習ノート四」をもとにして、この講演の話の進め方で、特にすぐれていると思う点を、具体例をあげて話し合ってみよう。

七　次のことについて、前の「話を深める」の文章を参考にして、考えてみよう。
㋑　講演は、対話や討論とどんな違いを持っているか。
㋺　講演する時に心がけるべきことは、どんなことか。

かなり丁寧で細かい設問が並んでいる。【学習ノート】の三だけは説明が必要だろう。これは東京帝国大学での講義をまとめた『文学論』（大倉書店、一九〇七年五月）を踏まえている。というか、そのまんまである。そして『文学論』の意識の説明は、漱石がそう断っているように、ロイド・モーガン『比較心理学』そのまんまである。『文学論』の冒頭の一節を引いておこう。

凡そ文学的内容の形式は（F＋f）なることを要す。Fは焦点的印象又は観念を意味し、fはこれに附着する情緒を意味す。されば上述の公式は印象又は観念の二方面即ち認識的要素（F）と情緒的要素（f）との結合を示したるものと云ひ得べし。

『文学論』では、「認識的要素」であるFは差異の集合体として、「情緒的要素」であるfは「趣味」（好み）のようなものとして考えられている。この二つの要素が結合した「文学的内容」とは、「三角形の観念」のようにFだけの場合や、「何らの理由なくして感ずる恐怖」のようにfだけの場合ではなく、「Fに伴ふてfを生ずる場合、例へば花、星等の観念に於けるが如きもの」だと言っている。「花、星」のように、辞書的な意味と美とか永遠といった暗示的意味とが「結合」している場合だけを「文学的内容」だと言うのだ。漱石は、文学言語を多義的なものと考えているのである。『文学論』では、「意識」は「連続」していて、その頂点にある部分だけが意識化されるのだと考えられている。したがって、その頂点以外にも意識化されない「意識」があることになる。漱石はFの焦点は絶えず「流れ」ていく「意識の波」の一点に過ぎないことを確認した上で、こう言っている。

此故に言語の能力（狭く云へば文章の力）は此無限の意識連鎖のうちを此所彼所（ここかしこ）と意識的に、或は無意識的にたどり歩きて吾人思想の伝導器となるにあり。即ち吾人の心の曲線の絶えざる流波をこれに相当する記号にて書き改むるにあらずして、此長き波の一部分を断片的に縫ひ拾ふものと云ふが適当なるべし。

この言語の「断片」性こそが文学言語の「特質」だと言うのだ。逆に、「科学は〝How〟の疑問を解けども〝Why〟に応ずる能はず」ということになる。「〝How〟なる文字は時間を離るゝ能はず」とも言っている。「科学」的言説の「目的」が、事物の「時間」的連続を「叙述」することで「〝How〟の疑問」を「解く」ことにあるのに対して、「文学にありては其あらゆる方面に〝How〟なる問題を提起するの必要あらざる」ものだと言うのである。科学には、継起する物事のすべてを時間的順序にしたがって説明する必要があるが、文学にはその必要がないと、漱石は考えていた。文学言語は時間的な「連続」を離れることが出来るというわけだ。

ところが文学言語は実際には「断片」として意識されるわけではない。たとえ辞書的な意味においては「断片」化していたとしても、言葉と言葉を暗示的意味（コノテーション）の多義性が繋いでゆくからである。たとえば、「薔薇は百合である」という文があったとしよう。この文は「科学」的な思考からはあり得ないことを語っている。薔薇がどのように百合になるかなどということは、「科学」には説明できないのだ。しかし、文学的には、たとえば「薔薇」の「情熱」が「百合」の「清純さ」を兼ね備えていることをこのように語っているのだと解釈することができるだろう。この時、言葉はまちがいなくメタファーとして現象し、「断片」は連続に変容している。しかし、開化は文学ではないから連続していなければならないという理屈なのだろう。

　このような意識の説明は、『文学論』の中ではっきりロイド・モーガン『比較心理学』によると書いてある通りで、漱石のオリジナリティはほとんどない（小倉脩三『漱石の教養』翰林書房、二〇一〇年一〇月）。それに、この説明は現在では妥当性がないから、いまでは設問を設けない方がいいと思う。

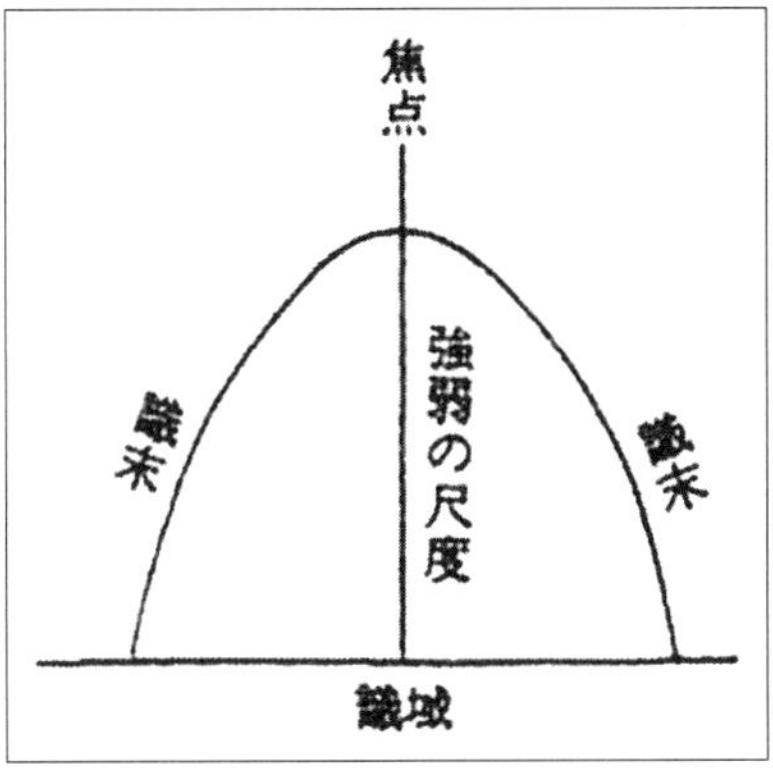

②高田瑞穂ほか編『新編現代文』東京書籍、一九八六年

【学習の手引き】

［一］漱石によれば、「現代の日本の開化」は、西洋の開化と比べて、どこが違うと言うのか、また、そうなった原因は、ど

う点にあると言っているのか、指摘せよ。

[二] 漱石は意識の問題を取り上げているが、それはこの講演の要旨とどのように結びつくのか。

[三] 次の点について説明せよ。

1 「今の日本の開化は地道にのそりのそりと歩くのでなくって、やっと気合いをかけてはぴょいぴょいと飛んでゆくのである。」とは、どういうことをたとえているのか。

2 「食膳に向かって皿の数を味わい尽くすどころか、元来どんなごちそうが出たかはっきりと眼に映じない前にもう膳を引いて新しいのを並べられたと同じことであります。」とは、どういうことをたとえているのか。

3 「ゆゆしき結果に陥るのであります。」とは、どのようなことか。

[四] 漱石は、「日本の開化」について、どのように批判し、どのように対応すべきだと結論づけているか、二百字程度にまとめて発表せよ。

[五] 漱石の講演から約八十年たった現代の状況をどのように考えるか、さまざまな角度から話し合ってみよう。

これは少し簡単になっているが、それでも[二]のような設問がある。たしかに『現代日本の開化』という閉じられた文章の中だけなら成り立つ設問だが、現在では漱石の説明する「意識の問題」自体に妥当性がないのだから、一九八六年時点ならともかく、いまはあり得ない設問になってしまった。全体として、近代批判、現代批判を導き出すための設問が並んでいる。それだけが唯一の正解的な読み方ではないだろうに。

ここで打ち明け話を。評論問題は時代を色濃く反映するので難しい。逆に言えば、国語教科書の売りは評論なのである。かつて私が編集に関わっていた国語教科書が一〇年ほどの間に売り上げ一位に躍り出たのは、評論教材の新しさが理由だった。小説にはあまり工夫の余地はなく、詩にいたっては改訂のたびに一〇編ほどの定番を入れ替えているだけというのが実状だった。意欲的に新しい詩を収録すると決まって不評で、次の改訂では定番に戻さなければならなかった。これが私の経験である。

IX 自由と主体と個人——『私の個人主義』

個人と社会

『私の個人主義』（『輔仁会雑誌』大正四年三月）。タイトルはなぜ「私の個人主義」なのだろう。それは漱石自身の体験談だからだろうが、それだけだろうか。漱石の言う個人主義の質を考えてみたい。

ある事柄が実際にあることと、それが社会のテーマとなることは別のことだと言っていい。なにをもって個人と捉えるかは難しい問題だが、初期ホモ・サピエンスでも個人はいただろう。ただ、この場合は個体と呼んだ方がいいかもしれない。個々のホモ・サピエンスを論じるに値すると認識されたとき、個人が誕生したのである。

いま初期ホモ・サピエンスを個人と呼ぶ人がいたら、現代の価値観を当てはめてそう呼んでいるのだろう。過去の物事を現代の価値観で理解したり意味づけたりすることは、過去の事物の可能性を引き出すかもしれない。それに私たちはこうした理解の仕方から完全に逃れることはできるはずもない。それは比喩的に言えば、現代人以外のすべてのものを擬人化（＝現代人化）することだ。それがいまは正義だと思われている。それでも現代に生きる私たちは、現代の価値観を（多くの場合意図せずに）絶対化して過去の物事を現代の価値観で捉えることから逃れる努力を怠ってはならない。

最近になって動物倫理学が問われるようになったが、私は無残に剪定された街路樹を見ると心が痛い。樹液は赤く染まっている。私にとって植物は個人なのだろう。私たちがしなければならないのは、たとえば人類がある個体を個人と捉えるにはどういう条件が必要だったのかを考えることだ。

ここで確認しておきたいのは、個人主義は社会の中にあること、あるいは社会を前提としているという当たり前の事実である。個人と対となる概念は共同体でもいいが、個人主義における個人と対になる概念は社会だろう。歴史的には個人の集まりが社会を形成するという順序だったにちがいないが、現代では個々の人間はすでにある社会の中に生まれる。社会は個人に先立ってあるのだ。しかし、人間は長い間そのことに気づかなかった。

社会の存在を証明したのは、物騒な研究だが、デュルケルム『自殺論』（一八九七年）である。一八〇〇年代後半のヨーロッパは、近世から近代へといった大きな転換期を迎えた不安定な時代で、人々は言葉にできない不安を抱えていた。自殺者の急増が問題となっていたが、身体的・精神的な病が原因だと考えられていた。しかし、デュルケルムは統計資料等を駆使して、自殺者の増加は社会的な原因によるものだと論じた。そして、裕福な人の方が貧しい人よりも自殺する傾向が強いことも明らかにした。デュルケルムは自殺を以下の三つにカテゴライズできるとした。①過度な個人化が原因の自己本位的自殺、②欲望の際限のない拡大による社会秩序の不安定化を原因とするアノミー的自殺、③殉死のように集団を優先する伝統的な価値観を原因とする集団本位的自殺である。

なかでも興味深いのは、①自己本位的自殺と宗教の関係だ。このパターンはカトリック信者よりもプロテスタント信者に顕著に多い。それは教会の教えに従うカトリック信者と、自己が信仰の主体となるプロテスタント信者とのちがいによるところが大きいことを意味する。すなわち、個人主義の強度がむしろ自殺を多くしているのだ。

デュルケルムの研究が明らかにしたのは、病などのごく個人的な事情で起きると思われていた自殺が、個人と社会との関わりによって左右されるということだ。そのような強度を持って社会が存在することを証明したのである。個人と対となる概念は社会なのだ。逆に言えば、このとき人は個人として社会に位置を占めたことになる。この書物が社会学の古典とされる理由はここにある。現在ではいくつかの批判があるものの、個人と社会との強い結びつきを「証明」したこの本の出現によって、大袈裟に言えば、社会学が誕生したのだった。

個人主義の中の個人

現代は個人というパラダイムを共有した時代だ。パラダイムとは、特定の思想が特定の思想だと思われないほど意識されずに共有された状態である。個人というパラダイムの中心にあるのは自由だろう。自由が人間存在において命をかけるほど重要だという考えが、思想＝パラダイムと呼べるまで広く共有され、重要視されるようになったということだ。

とても大雑把に言うなら、現代の自由には二つありそうだ。人間が社会的存在であることはやめられそうもない。何も強制されないことは社会からの自由だ。一方、自分の意志で何でも決められることは社会への自由という側面を持っている。そもそも自己決定という言葉は、自分の身体とのつきあい方を含めて、自己以外の存在からの強制に従わなくてもいいという意味合いを持っている。自分の意志で社会への参加の仕方を決めることである。そのとき、自己決定は自己責任とセットになりがちである。

これらが簡単に実現できるのなら、文学のテーマにはならなかっただろう。漱石の生きた時代、個人であることは一部の知識人にとって理想や思想ではあっても、日本の現実ではなかった。たとえば、恋愛に自由という言葉(理念)が付いて自由恋愛となったら、危険思想に近い考えだと受け止められかねなかった。だから多くの文学のテーマになった。現実には自由に殉じた人たちもいた。世界を見渡せば、いまでもいる。

個人にとって自由がこの上なく重要だというパラダイムが成立していながら、その自由が簡単には実現せず、かつどのような自由が自分にとっての自由となるのかが簡単には決められないから文学のテーマとなったのだ。個人は、この悩ましい揺れ幅の中のどこかにある。漱石が講演のタイトルを「私の個人主義」としたのは、それがよくわかっていたからだろう。

少し古いが、社会学者の作田啓一が紹介している個人主義の「基本的観念」をあげてみよう(『個人主義の運命—近代小説と社会学—』岩波新書、一九八一年一〇年)。それぞれの説明は作田啓一の説明を私が短くまとめたものである。

①**人間の尊厳**=個々の人間存在はそれ自体がこの上ない価値=尊厳を持つので、個人はこれを手段にしてはならない。

②**自己発展**=イタリアのルネサンス人文主義的な自己修養現象で、ドイツの初期ロマン派によって

確立された、個人の独自の個性を実現することが人間に課せられた使命だとする考え方。

③**自律**＝自由の観念と深く結びついた考えで、個人が周囲に依存しないで理性的に自己の意志を固めて具体的な決定に至ること。

④**プライバシー**＝他者や社会を傷つけ乱さない限りにおいて、公的な干渉の及ぶべきでないとされる個人の領域で、近代の自由主義の中心概念。

⑤**抽象的個人**＝一七世紀の中頃から一九世紀の初頭に掛けて支配的になった論理的概念で、人間は社会とは関わりのない固定した不変の心理的特性を持ち、それを保持するものとして抽象的に捉える立場。フランス革命の知的源泉。

⑥**政治的個人主義**＝市民である個人は独立した存在であり、自分自身の欲求や好みを作り出すのは彼自身だけであって、自分自身の利害の最良の判定者である。政治はこれらに介入してはならず、個人の主人公は彼自身以外にはいない。

⑦**経済的個人主義**＝経済的自由あるいは企業の自由についての信念。利潤の極大化の追求とそれを実現する諸制度によって諸個人の最大限の欲求充足と社会の進歩をもたらす。私有財産と生産と交換などの経済活動が擁護される。

⑧**宗教的個人主義**＝個々の信者が自らの方法や努力によって神との交わりを結ぶ権利と義務を持つ。プロテスタンティズムがこれで、通常カルヴィニズムと結びつき、カトリックとは対立する。

⑨**倫理的個人主義**＝道徳的確信の普遍的な基盤としてのキリスト教の衰退と関わりがあり、自律性

の観念を徹底させて自己自身にのみ様々な決定権があるとする無神論的実存主義と言える。
⑩**認識論的個人主義**＝知識の源泉が感覚や知覚を通した個人の経験の中にあるとする学説。
⑪**方法論的個人主義**＝社会や個人的現象においては、個人に関する説明は事実に結び付けて説明されるべきだとする立場。

①、②、③、④、⑤の「人間の尊厳」「自己発展」「自律」「プライバシー」「抽象的個人」は特定の文化を越えて広がる価値観、⑥、⑦、⑧、⑨の「政治的個人主義」「経済的個人主義」「宗教的個人主義」「倫理的個人主義」は特定の文化領域を中心にいくつかの価値観の複合、⑩、⑪の「認識論的個人主義」「方法論的個人主義」は方法論・認識論としての個人主義の側面が価値観としての個人主義よりも強くあらわれているというのが作田啓一の見解である。つまり、個人の重視よりも個人とは何かを考える思弁的個人主義ということだろう。個人主義は近世以降の西洋の産物だから、キリスト教や（どのような形であれ）キリスト教の影響を受けた西洋哲学の圏内にある。

作田啓一によれば、社会学の基礎を作ったジンメルは、個人主義を二つに類型化した。一つは、理性の保持者として個性を尊重する個人主義（単一性の個人主義・量的個人主義）。もう一つは、かけがえのない個人を尊重する個人主義（唯一性の個人主義・質的個人主義）。量的個人主義は啓蒙思想（先の①と⑤が重視される）と結び付いており、質的個人主義はロマン主義（先の③と④を個性として重視する）と結びついていた。一八世紀の量的個人主義は一九世紀の質的個人主義に移行するというのが、ジンメルの提示した図式である。そして、理性、個性、自律を個人主義の基本とする。ここまで抽象度を高めれば、漱石の個人主義も説明できる。

いま現在、というのは二〇二三年現在という意味だが、西洋由来のこうした個人主義が普遍的な価値観としての地位を失いつつある状況を私たちは目の当たりにしている。あるいは逆に、個人主義というキリスト教的人間観を守ろうとしている光景を目にしている。それは少し先で説明し直そう。

漱石の時代の個人主義

『私の個人主義』は将来確実にエリートになる学習院高等学校の学生が聴衆だったので、こういう有名な一節が語られた。

> 近頃自我とか自覚とか唱へていくら自分の勝手な真似をしても構はないといふ符徴に使ふやうですが、其中には甚だ怪しいのが沢山あります。彼等は自分の自我を飽迄尊重するやうな事を云ひながら、他人の自我に至つては毫も認めてゐないのです。苟しくも公平の眼を具し正義の観念を有つ以上は、自分の幸福のために自分の個性を発展して行くと同時に、其自由を他にも与へなければ済まん事だと私は信じて疑はないのです。我々は他が自己の幸福のために、己の個性を勝手に発展するのを、相当の理由なくして妨害してはならないのです。

ここは「国語」の教材としての勘所の一つで、「いくら自我を持てといっても、他人への配慮を欠いてはいけないのだ」と、高校生に教訓するところかもしれない。個人主義は、他人を自分の利益のために利用する利己主義とはちがうとよく注意を喚起するが、もちろんこの両者はちがっている。そこで、この一節の趣旨をまとめるとこうなるのだろう。

結局私の信じ行つてゐる個人主義は、自我の発展充実につとめると同時に、自我をさまたげない範囲の他の人間の行動に対して圧迫干渉を与へないと云ふ意味なのである。

最終的には穏やかな結論に到達している、そう思わなかっただろうか。しかし、実はこれは漱石の文章ではない。「新しい女」が集った雑誌『青鞜』の同人、岩野清の文章なのである（「個人主義と家庭」『青鞜』一九一四年一〇月）。漱石とほぼ同じ結論を、漱石とほぼ同じ言葉で語っているのである。

こうした論調は、当時それ程珍しいものではない。個人主義は当時の流行語の一つだし、社会主義という言葉も漱石の時代には禁じられてはいなかった。固有の体験は別にして、漱石は危険思想を語ったのでもなければ、オリジナルな思想を語ったのでもなかった。それは、時代の言葉とでも言うべきものだった。

先に引いた『私の個人主義』の一節では、自他の自我について、自分の自我を主張するからには他人の自我も尊重せよと述べていた。こうした他者への配慮は、あくまで自己が中心である。それが緩やかに、他者への志向によって自己を作るような他者重視の時代へと移っていった。現代の自己承認願望は他者と自己との関係が失調し、自己にとっての他者が肥大化した結果生じたものだろう。それは大衆と呼ばれるべき人々である。スペインの思想家オルテガ・イ・ガセット『大衆の反逆』（一九三〇年）は大衆を、他人と同じであることに喜びを感じる人々の総体だとした。

時代は下るが、リースマン『孤独な群衆』（一九五〇年）は、群衆の社会適応のし方を三類型に分類した。第一は伝統志向型で、特に説明の要はないだろう。伝統と言えば聞こえはいいが、要は前例踏襲である。第二は内部志向型で、自己の信念に従って生きるタイプであり、個人主義はここに含まれる。ウェーバーが『プロテスタンティズムの倫理と資本主義の精神』（一九〇四〜一九〇五年）で提示した、合理を判断・行動の基準とする「資本主義の精神」はこれに近い。第三は他人志向型で、同時代の他人に行動基準を見出すタイプである。ここから「人は他者の欲望を模倣する」（ボードリヤール）とか「自己の欲望は他者の欲望である」（ラカン）といったポストモダン思想まではもうほんの一歩である。こうしてみると、漱石のいう個人主義はまさに内部志向型だと言っていい。

大衆の心性とはどのようなものだろうか。

山崎正和は、現代人は「自分の行動を評価してくれる他人の眼が必要」で、「消費が本質的に身体的な行動であって、したがって必然的に、他人に見える外的なかたちを持たざるをえない行動」となる。その結果「自我が自分の身体にまきこまれてゐるといふことであって、それを通じて行動の外的なかたちにまきこまれてゐる」。すなわち、「他人に向けての表現として行なふほかはなく、ここに消費行動のスタイルといふことが問題になる」と、現代の消費社会を意味づけている（『柔らかい個人主義の誕生』中央公論社、一九八四年五月）。他人志向型が消費、特にファッションに向かう道筋をみごとに説明している。

それは平等であることに喜びを感じることだが、大衆は平等を求めながら自分が平等の中に埋没することを恐れる。大衆は一方ではみんなと同じ自分になりたいと願い、一方ではみんなとちがう自分になりたいと願うという相反する欲求を持つ。結果として、大衆は少しだけみんな以上になりたいという欲求を持つことになる。ここで大切なのは、大衆には「みんな」が見えているということだ。みんな自分と同じだという思い込みが、自分にはみんなが見えるという幻想を生み出す。

これが現代の高度資本主義を支える心性で、具体的には「自分より少し上の他人が持っているあれが欲しい」という欲求として現れる。それを端的に形にしたものがファッションなのである。流行の服を着ながら「他人の少し上を行く自分」を演出＝見せびらかす（ヴェブレン『有閑階級の理論』一八九九年）ことができる。高度資本主義において消費が重要な意味を持つのはこのためであって、すべてのもの、つまり自分さえもが見せびらかす記号になり得る。

こう考えると、漱石文学の男性主人公はまさに有閑階級であることに気づかされる。彼らは「豪華な人間能力の浪費」（山崎正和「淋しい人間」）によって、自らの高級な文化的ハビトゥスのみならず、働かない自分自身を大衆ではない自分として見せびらかしている人たちだと捉えることができる。彼らは一見社会を拒否しているようでありながら、その実強烈な自己承認願望の持ち主たちではないだろうか。

イギリスの個人主義

明治期の自我に関する言説は、イギリスの哲学者にして倫理学者グリーンの「自我実現説」の強い影響下にあった。明治三〇年代には自我実現説は中等教育において道徳教育の基礎ともなった。この時代に中等教育を受けた白樺派の自我全面肯定の文学を読めば、なるほどと思わせられる（日比嘉高『〈自己表象〉の文学史——自分を書く小説の登場』翰林書房、二〇〇二年）。

それはどのような説なのか。大正期に刊行されたやや専門的な事典から抜粋しておこう。自我実現説はこうした事典に立項されるほど普及していたことも確認しておきたい。項目の記述は、グリーンからの引用がほとんどを占める。

> 【自我実現説（セオリー・オヴ・セルフアリゼーション）】自我の実現を以て道徳上（だうたくじやう）の最高目的とする倫理説である。（中略）その大成（たいせい）者（しや）は、グリーンである。「（グリーンの長い引用の一部）社会を離（はな）れては何人も自我を実現する事は出来ない。（中略）社会を成立せしむる為には個人（こじん）を、個人を成立せしむる為には社会を必要（ひつえう）とする。（後略）」このグリーンの倫理説（りんりせつ）を、超絶的自我実現説ともいひ、又之とは多少趣を異にし人類は総て人格を有すと為し、此の人格を社会に実現せしめんとするを経験的自我実現説或は人格実現説と云ふ。（高木八太郎『新思想の解剖』教文社出版、一九二二年二月）

自我実現説が道徳教育の基礎となった理由がよくわかる説明である。『私の個人主義』とも通じるところがあるかもしれない。また、漱石の道徳観は儒教の影響が強いと言われる。漢詩や漢文に多く学んだ漱石の教養からしてまちがっていないと思うが、グリーン流の倫理的なイギリスの自我実現説の直接的・間接的な影響についても考える余地がありそうだ。

それに、個人主義はヨーロッパ近代の発明という括り方が大まかすぎるのではないだろうか。

スペイン人であるオルテガ・イ・ガセットは『大衆の反逆』(岩波文庫、佐々木孝訳、二〇二〇年四月)の「フランス人のためのプロローグ」で興味深いことを言っている。「イギリス民族は、常に未来を先取りし、ほとんどすべての領域にわたって一番乗りをしてきた民族なのだ」と言った後に、こう修正してみせる。イギリス民族のあり方は「未来のために生き続けながらも、過去の中にも生きることであり、真の現在に存在できるということなのである」と。これは「一番乗り」をした民族の特権である。

速度をもっとも必要としたのは戦争である。Ⅷでも引いたが、ポール・ヴィリリオは戦争論の中でこう言っている。「西欧の人間が到底多いとは言えない人口にもかかわらず優越性をもち支配的であるように見えたのは、より速い者として現れた」からで、わけてもイギリスの優位性が確立したのは「「産業革命」ではなく「速度体制の革命」が、民主主義ではなく速度体制が、戦略ではなく速度術が存在した」からだと(『速度と政治 地政学から時政学へ』市田良彦訳、平凡社、一九八九年二月)。近代日本がイギリスから学んだのもこのことだった。だからまず鉄道を敷設し、郵便制度を確立させた。

フランスの人口学者エマニュエル・トッドは、イギリスの絶対核家族のあり方はイギリスで特に強度の高い個人主義と深い関わりがあると言う。絶対核家族は長男単独相続なので、長男以外の子供が成人したら家族から出て行かなければならない。彼らはそれまでの土地を離れて新しい世代の労働力となる。そこで個人主義というより、もはや「個人化」と言っていいあり方が生まれる。それは社会からの孤立を意味せず、むしろフーコーが説くような社会の内面化が過剰に起きるというのだ(『我々はどこから来て、今どこにいるのか? 上 アングロサクソンがなぜ覇権を握ったか』堀茂樹訳、文藝春秋、二〇二二年一〇月)。ちなみに、人間の自由が家族構造によって決定されると説くトッドの説は、自由第一の国フランスでは激しい批判を浴びているようだ。

ここでようやく「私の」の意味について言うことができる。漱石は長男単独相続が円滑に運ばず、家族が解体の危機に瀕する物語を書き続けた。漱石の言う個人主義は、イギリス流の個人化と似てはいないだろうかと。そう考えれば、イギリス留学中の漱石の苦悩や、漱石文学の男性知識人主人公たちの苦悩の質が見えてくるのではないだろうか。自分の体験に彩られた個人主義、イギリスの思想に彩られた個人主義。それが漱石の言う「私の」個人主義だったのではないだろうか。

個人主義は国家と対立した

ここまで個人の対概念は社会だと述べてきた。これは社会学の常識だろう。しかし、漱石の生きた時代には個人の対概念は国家であり、個人主義は国家と対立した。それは当時の日本が国家=国民国家になろうとしていた時期だったからという要因も大きかっただろう。戦争に強いのは国民国家だと、世界的にわかってきた時期だったからかもしれない。こうした時代的な制約の中でなされたこの講演の趣旨を深く理解した学習を三つあげておこう。

①柳田国男編『国語　高等学校二年下』東京書籍　一九五四年

問題

一　この講演の聴衆に訴える力はどんな点にうかがえるか。

二　講演の論旨を明らかにし、それがどのように展開されているかを述べよ。
三　「火事がすんでもまだ火事ずきんが必要だと言って、用もないのに窮屈がる人」とは、どういうことか。
四　この文章に述べられている個人主義とはどういうことか、要約してみよ。
五　個人と国家との関連について、本文の所論を参考にして各自の意見を述べてみよ。

驚いておきたいのはもちろん**三**だ。第一章で、漱石はエクスキューズと見せかけて国家批判を行っていると述べた、まさにそこが問われているのだ。**五**も思い切った問いである。まだ戦後と呼ばれたこの時期、これほどまでに国家について問おうとした教育者がいたことは記憶しておきたい。

②小田切秀雄編『現代文』教育出版　一九八二年
学習のてびき
一　漱石は、どのような経験と思索によって、「自己本位」の考え方をつくりあげていったか、順序にしたがってまとめてみよう。
二　個人主義と国家との関係について、漱石はどのように考えているか、整理してみよう。
三　この講演が行われた時代はどんな時代だったか、調べてみよう。

注目したいのはやはり二と三。

私たちはいつも「いま」言葉を読む。言葉はどうしても現代化される。そのことによってある時代の言葉の可能性が広がる。こうしたことも含めて、言葉は時代のコンテクストの中にある。言葉をそれが発せられた時代に置き直すことだけが言葉の優れた読み方だとは思わない。しかし、一度はその言葉が発せられた時代に置き直して読まなければならない言葉もある。この「**学習のてびき**」にはその覚悟が示されている。

③長谷川泉編『現代文選』明治書院　一九八三年

【研究】

一、外国留学前にあった「不安」はどうして生じたのか、筆者の心の在り方に沿ってまとめてみよう。

二、筆者の得た「自信と安心」がどうしてもたらされたか、そしてそれが自分と他人との人間関係の中でどう働くかを考えてみよう。

三、筆者の言う個人主義は、倫理的、徳義的な考え方に支えられているが、その内容についてまとめてみよう。

四、「自己本位」「自由」「個人主義」の三つの語句の関係についてまとめてみよう。

五、講演を筆記した文章が通常の文章とどういう点で違っているか、考えてみよう。

三と四。「まとめてみよう」とあるが、これらをきちんとまとめるためには『私の個人主義』テクストの外に出て、時代のコンテクストを参照しなければならないはずである。この問い自体はそこまで求めていないだろう。それでも、教室ではできるかもしれない。その手がかりにはなっている。

これ以外のほとんどの教科書の「学習」は『私の個人主義』の内側だけでまとめられる問いで埋め尽くされている。たとえば、国語教育の基本は知識を身につけることではなく考える習慣を身につけることであるというような、それ自体はまちがっていない方針によって、いつから国語教育では教科書教材から牙を抜くことが求められるようになったのだろう。特に『私の個人主義』の「学習」を数多く読んで、深く思いをいたさざるを得なかった。

付録

付録1　ブックガイド

・三好行雄編『別冊国文学　夏目漱石事典』（学燈社、一九九〇年七月）

　とりあえず漱石と漱石文学の全体像を知りたい人は、この事典がいい。「漱石伝記事典」「漱石作品事典」「漱石作中人物事典」などから構成されていて、大変便利。

・夏目鏡子述・松岡譲筆録『漱石の思い出』（文春文庫、一九九四年七月）

　漱石の妻鏡子の口述を、漱石の門下生で長女筆子の夫となった松岡譲が筆録したもの。漱石を精神病と決めつけた点など批判もあるが、そう思わなければやっていけなかった感じはわかる。一級の伝記資料。

・小宮豊隆『夏目漱石』上・中・下（岩波文庫、一九八六年一二月〜一九八七年二月）

　漱石の一番弟子が書いた伝記。真面目すぎて、まるで剝製みたいだという批判もあるが、基本文献の一つ。

・江藤淳『漱石とその時代』第一部〜第五部（新潮選書、一九七〇年八月〜一九九九年一二月）

　江藤の死によって未完に終わったが、小宮以降の伝記となればこれ。「その時代」を知るのに大変便利で、作家以前を書いた第二部までが秀逸。第三部以降は読まなくていい。

・小田切進『新潮日本文学アルバム２　夏目漱石』（新潮社、一九八三年一一月）

　写真を中心に編集した本で、伝記を知るためにはコンパクトで便利な一冊。

・小山慶太『漱石が見た物理学』（中公新書、一九九一年一二月）

　漱石が生きた時代の物理学の世界から漱石を読み直したユニークな試み。この時代は、文学と科学がこんなにも近かったということを知るだけでも一読の価値がある。

・**蓮實重彥『夏目漱石論』**（講談社文芸文庫、二〇一二年九月）

漱石の小説では物語がはじまるときには、主人公は決まって横たわっている。たとえば、『こころ』も先生が海に大の字に横たわったときに青年が話しかけて物語が始まる。テマティズムというユニークな方法を用いた画期的な漱石論。

・**小森陽一『漱石を読みなおす』**（岩波現代文庫、二〇一六年七月）

漱石を現代思想を使って読んだ、硬派の入門書。漱石が進化論万能の時代に生きたことなど、思想的背景の解説にも特徴がある。

・**小森陽一『漱石論　21世紀を生き抜くために』**（岩波書店、二〇一〇年五月）

漱石文学の女性たちは「小姑」になることを恐れているという観点から読み解いた「漱石の女たち——妹たちの系譜」など、漱石研究を一新した論考が並ぶ。

・**小谷野敦『夏目漱石を江戸から読む』**（中公文庫、二〇一八年五月）

江戸文学や西洋文学の観点から漱石文学を論じて秀逸。ポイントは女性の位置。男性は女性を得なければ男性たり得ないことに気付いているから、漱石文学の男性は弱いのだと。

・**石原千秋編『夏目漱石『こころ』をどう読むか』**（河出書房新社、二〇二二年一二月）

新稿も加えた『こころ』論のアンソロジー。ユニークなエッセイや論考が並んでいて、いまの『こころ』論の水準がわかる。

・**石原千秋『漱石はどう読まれてきたか』**（新潮選書、二〇一〇年五月）

同時代評から現代の文献・論文までを概観・紹介。まず各作品の「ふつうの読み方」が示されていて、それが研究によってどう変えられたのかが手に取るようにわかる。

付録2　漱石略年表

年号	歳	事項
慶応三（一八六七）	0	二月九日、江戸牛込馬場下横町（現・新宿区喜久井町）に名主夏目直克の五男三女の末っ子として生まれる。本名金之助。すぐ里子に出されたが、笊に入れられて夜店に晒されていたのを哀れに思った姉に連れ戻された。しかし、翌年、子のいなかった塩原昌之助・やす夫婦に跡継ぎとして養子に出された。これ自体は当時よくあったが、金之助にはこれを不幸と感じる事情や出来事があったようだ。
明治一四（一八八一）	15	漢学塾の二松学舎に入学したが、明治一六年には進学を考えて英語を学ぶために成立学舎に入学。以後晩年まで、英語・英文学は仕事、漢学は趣味か教養となり、漱石自身を引き裂く一方、豊かにもした。
明治二一（一八八八）	22	前年に長男と次男を相次いで結核で亡くした父が、学歴もあり、同居しておらず結核への感染の確率が低いと思われる金之助をやや強引に復籍させた。養育料として、塩原に二一〇円を月賦で支払う。この体験が、漱石文学に家制度への批判的スタンスをとらせた可能性は高い。第一高等中学校の同級（英語・独語クラス）に正岡常規（子規）がいて親しくなる。名簿には、金之助は「東京府平民」、子規は「愛媛県士族」と明記されている。
明治二三（一八九〇）	25	九月、帝国大学文科大学英文学科入学、明治二五年に徴兵逃れのために北海道に本籍を移す。こうしたことは当時よくあった。二六年七月卒業。東京高等師範学校に就職。二七年、鎌倉の円覚寺に参禅。二八年、愛媛県尋常中学校（藩校明教館の流れをくむ松山中学、現在の県立松山東高等学校）に就職。
明治二九（一八九六）	30	四月、熊本の第五高等学校に就職。前任者はラフカディオ・ハーン（小泉八雲）。貴族院書記官長中根重一の娘キヨ（通称鏡子）と結婚。官僚の家に育った鏡子との価値観の違いは、双方に暗い影を投げかけた。
明治三三（一九〇〇）	34	九月、英語研究のためにイギリスに留学。英文学研究を望んでいた金之助との間に齟齬があったが、いずれにせよ大英帝国を見本とする国家戦略の一翼を担うことになった。留学費の不足もあって大学に通わず、在野のシェイクスピア学者クレイグの個人指導を受ける。人種差別を味わうなど、孤独に悩まされる。
明治三六（一九〇三）	37	一月、帰国。第五高等学校に戻るべきところ、東大人脈をフルに活かして第一高等学校・東京帝国大学講師となる。教授からの格下げは、そのペナルティーだったようだ。前任者はまたしてもラフカディオ・ハーン。講義ははじめ夏目金之助排斥運動が起きるほど不評だったが、『マクベス』を論じる頃から立ち見が出るほど大好評となった。ところが金之助のイライラ（神経衰弱）が募り、妊娠中の鏡子を実家に帰して、一時別居した。

明治三七（一九〇四）	38	金之助の精神状態を心配した高浜虚子に勧められて、子規の作った「山会」という文章の会に原稿を書く。朗読を聞きながら漱石も大笑いした。虚子が文章に手を入れて、翌年一月、『ホトトギス』に夏目漱石『吾輩は猫である』が発表された。あまりの好評に明治三九年八月まで一一回連載する。この間、『漾虚集』にまとめられる七編の短編のほか、『坊っちゃん』、『草枕』などを次々発表。小説家漱石のもっとも豊かな時期だった。
明治四〇（一九〇七）	41	四月、朝日新聞社に専属作家として入社。第一作は『虞美人草』。漱石が批判的に書いた甲野藤尾を世間は支持し、その違いに戸惑う。以後、山の手に住む、朝日新聞の中流階層読者に受け容れられる作風を模索する。
明治四一（一九〇八）	42	実験作『坑夫』、『夢十夜』を書いた後、東京案内、東京帝国大学案内、青春案内、上京小説、恋愛小説といった性格を持つ『三四郎』を連載。以後、『それから』（明治四二年）、『門』（明治四三年）といった完成度の高い一九世紀リアリズム小説を書いた。これらは前期三部作と呼ばれる。明治四二年、満州鉄道総裁になっていた学生時代からの友人中村是公の誘いで満州を中心に旅行し、『満韓ところどころ』（明治四三年）を刊行。おそらく当時の日本人が持っていたと思われるふつうの差別意識が基調にある。
明治四三（一九一〇）	45	持病の胃潰瘍で入院し、伊豆の修善寺で静養したところかえって悪化。大吐血で人事不省に陥る。このことを漱石は、自分は三〇分の間「死んでいた」と書いている。これは「修善寺の大患」と呼ばれることになる。翌年は新聞連載を休み、そのかわりに夏に関西方面に講演旅行。
明治四五・大正元（一九一二）	46	一年間連載を休んだので面白いものを書こうと、それまで温めていた短編連作方式を試みる。『彼岸過迄』がその第一作で、中の「雨の降る日」は前年に二歳で亡くなった五女ひな子への供養となっている。これと『行人』（大正元年～二年）、『こころ』（大正三年）はこの短編連作形式と小説的主人公の性格などの共通点から後期三部作と呼ばれる。三作とも、作中時間が最後からはじめに戻る円環構成になっている。
大正四（一九一五）	49	随筆『硝子戸の中』を連載。連作中に構想が変わり、後半は幼年時代の思い出となる。このことに触発されるように、自伝的作品『道草』を執筆。留学から帰国して『吾輩は猫である』を書くまでを、期間を短くし内容も少し変えて書く。翌大正五年には、男女二人を主人公にした『明暗』で新境地を開いたが、仏文学者辰野隆の結婚式に出席した後に胃潰瘍の発作を起こして死去。享年五〇歳。『明暗』は未完となった。

付録3　漱石全作品梗概

『吾輩は猫である』（一九〇五年一月～一九〇六年八月）

吾輩は猫である。名前はまだ無い。——この無名の猫が主人公。中学校の英語教師珍野苦沙弥に拾われ、苦沙弥の家族や友人たちのことを報告するインテリ猫である。

主人は胃弱の大食漢、多趣味だが何もモノにならない。こうして飼われてみると人間ほど愚かで身勝手な生き物はないと思われる。主人の所へも、美学者の迷亭、理学者の寒月、哲学者の独仙、詩人の東風など変人たちが集まって来てはとりとめもない話に興じている。吾輩は彼らも皮肉まじりにユーモラスに報告するのだが、近所の金田鼻子が寒月を勝手に娘の富子の婿候補にしてから は様子が違ってくる。博士になったら娘をやろうという高慢な態度に主人は激怒、金田のいやがらせにも降参しない。吾輩も読心術を駆使するなどして、報告も金田批判の色合いを強める。結局寒月は故郷で結婚し、富子とは主人の教え子で実業家の多々良三平が婚約した。主人たちはこれを祝福するが、この太平の逸民たちもどこかもの悲しさを抱えているように見える。吾輩もくさくさして来たので、飲み残しのビールを飲んでふらふら歩いていたら、水がめに落ちてみごと往生。

『坊っちゃん』（一九〇六年四月）

おれは、親譲りの無鉄砲で子供の時から損ばかりしている。父は可愛がってくれず、母は兄をひいきにした。ところが下女の清だけはおれの性格をさっぱりして竹を割ったような気性だと言ってほめて、大事にしてくれた。その後両親が死んでから、兄は家を処分しておれに六百円を渡して九州の会社に赴任して行った。おれはこの金で物理学校に学び、卒業して数学の教師として四国の中学に赴任することになった。

四国はおれには野蛮なところに見えたし、中学にはロクな教師はいない。しかも、狭い街なので生徒はおれの私生活までよく知っていてからかうばかりでなく、宿直の日には蒲団にバッタを入れるなどタチが悪い。そのうえ、つかまえてもシラを切り通すのだ。

おれを釣りに誘った教頭の赤シャツと画学の野だいこは、数学担当の山嵐（堀田）が生徒を煽ったかのように暗示したが、実は教頭は、同僚うらなり（古賀）の許嫁を奪ったうえに彼を九州に転任させるなどの悪事を働いていたことがわかった。そこで、おれは、以前から赤シャツの悪事を指摘して彼らと対立していた山嵐とともに、彼らに鉄拳制裁を加えて四国をあとにした。

東京に帰ったおれは街鉄の技手になって清と暮らしたが、よろこんでいた清はまもなく肺炎で死んでしまった。

『草枕』（一九〇六年九月）

智・情・意のどれにかたよっても人の世は住み難い。そう感じる一人の西洋画家が、東洋的な非人情の境地に遊ぶことを夢見て那古井の温泉に旅する。彼は、浮世から離れることのできない西洋芸術より、超俗的な東洋芸術の方を好んでいる。しかも、那古井ではやすやすと漢詩や俳句が生まれるのだ。

那古井には、出戻りの那美という美しい女性がいた。奔放な行動で村人から狂人扱いされており、事実何度も画家を驚かせる。さらに彼女は、自分が鏡が池に浮いているところを描いてくれと言う。画家も描きたいのだが、どうしても顔が描けない。那美の顔には「憐れ」が欠けているからだ。

ある日、日露戦争に出征する那美の従弟を駅まで見送りに行くと、動き始めた汽車の窓から別れた夫が顔を出した。茫然と見送る那美の顔一面に「憐れ」が浮かび上がる。それを見た画家の胸中で、ついに絵は完成した。

『虞美人草』(一九〇七年六月二三日〜一〇月二九日)

甲野家では父が外国で急死してから四ヵ月しか経っていない。遺産を相続したのは長男の欽吾だが、彼は哲学科を卒業して二十七歳になるのに職に就かず、結婚をすると女は駄目になると言って、彼を慕う糸子を失望させる。遺産も腹違いの妹の藤尾に譲ると宣言するが、継母はそれを信用できず、文学士の小野清三を藤尾の婿にと考えている。小野に英語を習っている藤尾もむろんその気持ちがある。

そこで、母子は、家にばかりいて心配だという口実で、友人の宗近一に欽吾を京都旅行に連れ出してもらい、その間に、小野と藤尾の話を進めようとする。藤尾の父は宗近と結婚させる約束をしていたのだが、藤尾は兄と仲が良くガサツで外交官の試験に受からない宗近を嫌っていた。また、一方の小野も、かつての京都での恩人である井上孤堂の一人娘小夜子と婚約同前の仲だったのである。

物語は、この二つの約束を破って結婚しようとする藤尾・小野と、「道義」を守るように説く欽吾・宗近の対立の構図によって進行する。

孤堂は小夜子と小野を結婚させるために上京した。二人を連れて博覧会を案内する小野を見かけた藤尾は、小野との間に既成事実を作ろうとまで計画する。小野は友人の浅井に小夜子との結婚を断わりに行くよう依頼した。しかし、孤堂の怒りに気圧された浅井が宗近にその話をしたために、宗近は小野を説得して翻意させ、藤尾との結婚を拒否した。誇りを傷付けられ激怒した藤尾は、自死した。その後、外交官試験に受かった宗近はロンドンへ赴任した。

『坑夫』(一九〇八年一月一日〜四月六日)

恋愛にかかわるこみ入った事情から逃れるために家を飛び出して来た「自分」は、自滅するつもりで暗いところを求めて松原に沿った道を歩いていた。すると、長蔵というポン引きに坑夫にならないかと声をかけられたので、そのまま彼について行くことにした。飯場頭からは教育を受けた者には勤まらないと言われるが、帰るところがないからと置いてもらった。

しかし、食事の粗末さと坑夫たちの乱暴な下等さに閉口し、坑夫の生活に強い衝撃を受ける。いよいよ坑道へ降りると、安さんという坑夫に、ここは人間の墓場だから東京へ帰れと親切な忠告を受けたが、帰る気にはなれなかった。しかし、健康診断で気管支炎と診断された「自分」は、坑夫として採用されず、飯場で帳付けの仕事を与えられた。「自分」はこの仕事を五ヵ月勤めて結局東京に帰った。


『夢十夜』(一九〇八年七月二五日~八月五日)

【第一夜】女が、私が死んだら埋めて、星の破片を墓標にして百年待ってくれと言う。だまされたのではないかと思ったその時、目の前で百合が咲いて、空に暁の星を見たとき、百年が来たのだと気がついた。

【第二夜】座禅を組みに行くと、悟れぬなら侍ではないと言われる。時計が次の時を打つまでに悟って和尚の首を取ろうと思うが悟れない。その時、時計が鳴り始めた。

【第三夜】六歳の盲目の息子をおぶって歩いていると、背中の子が、杉の根の所で、百年前にここで俺を殺したねと言う。そうだったと思ったとたん、子供が石のように重くなった。

【第四夜】自分の年を忘れ、家は臍の奥だと言う爺さんが、手拭のまわりに描いた輪の上を笛を吹いて回り出す。そして、手拭が蛇になると唄いながら、河を渡って行ってしまった。

【第五夜】捕虜になった自分が、死ぬ前に一目思う女に逢いたいと頼むと、敵の大将は鶏が鳴くまで待つと言う。裸馬に乗って急ぐ女に天探女が鶏の声を聞かせ、女は谷に落ちてしまった。

【第六夜】護国寺の山門で運慶が仁王を彫っている。木の中から掘り出すのだと見物人が言う。さっそくやってみたが、自分にはできなかった。明治の木には仁王は埋まっていなかったのだ。

【第七夜】行先の知れない船に乗っているのが心細くなった自分は、ある晩ついに海に身を投げた。そのとたん、無限の後悔と恐怖を抱いたが、そのまま静かに黒い海に落ちて行った。

【第八夜】床屋の鏡にはいろいろなものが映る。床屋は金魚売りを見たかと言い、どういうわけか帳場の女はいつまでも百枚の十円札を数えている。外へ出ると、例の金魚売りがじっとしていた。

【第九夜】三歳になる子供を持つ若い母が、どこかへ行った父を待って毎日お百度を踏んでいる。しかし、その父はとっくに死んでいた。こんな悲しい話を夢の中で母から聞いた。

【第十夜】女が庄太郎に、絶壁から飛び込まなければ豚に舐められますと言う。豚を次々とステッキでたたいたが、ついに舐められて気絶した。庄太郎は助かるまい。パナマ帽は健さんのものだろう。

『三四郎』(一九〇八年九月一日～一二月二九日)

熊本の第五高等学校を卒業した小川三四郎は、東京帝国大学に入学するため上京するが、その途次女と同宿してうぶをさらけ出し、広田先生の鋭い日本批判に驚かされた。

東京では大学構内の池の端で出会った里見美禰子に淡い恋心を抱き、彼女のストレイ・シープという謎めいた言葉に期待をつなぐが、理科大学助手の野々宮宗八と彼女との関係もつかめない。ついに画家・原口のアトリエに美禰子を訪ねて想いを伝えようとしたが、美禰子はそれを遮るように、自分の肖像画が池の端で出会った時の服装、ポーズであることを告げた。ところが、それから間もなく美禰子が未知の男と婚約したことを知った。美禰子は別れに、「われは我が愆を知る。我が罪は常に我が前にあり」とつぶやいた。翌春、「森の女」が公開されたが、三四郎はストレイ・シープと繰り返すばかりだった。

『それから』(一九〇九年六月二七日～一〇月一四日)

三年前に友人の平岡常次郎に、知人の妹菅沼三千代を「周旋」して結婚させた経験を持つ長井代助は、いまは大学を卒業して年も三〇になるのに、父からの仕送りで高等な遊民として一戸を構えて優雅に暮らしている。それで、失職して上京した平岡とは心が通い合わず、三千代は三年の間に子供を亡くして心臓を患っていた。彼女は平岡との仲もしっくりしない様子で、淋しいと言う。そんな三千代を見て、三年前に既に愛していたことに気づかされた代助は、過去の行為を悔い、三千代に愛を告白し、三千代もそれを受け入れた。

父の勧める佐川の娘との政略的な結婚を断わった代助は不興を買うばかりでなく、平岡が三千代とのことを父に訴えたために勘当されてしまう。生活の基盤を失った代助は、三千代とも会えないまま職を探しに行くと家を飛び出し、狂気のような回転する赤い色にのみ込まれて行く。

『門』(一九一〇年三月一日〜六月一二日)

学生時代に友人安井の内縁の妻を奪って社会から追われた野中宗助は、いまは下級官吏として、その御米と崖下の借家で静かに暮らしている。彼らは一見仲のいい幸せな夫婦だが、暗い過去の影におびえ続けていた。そのため、宗助は弟小六の学費問題で、父の遺産を管理している叔父と積極的に交渉もせず、小六を引き取ることになる。大家の坂井と親しくなった夫婦は、かえって子供を持てない淋しさを感じ、同居の気苦労もあって御米は寝込んでしまう。それが軽く済み、無事年を越したところへ、宗助は坂井の家へ安井が訪ねて来ることを知り、苦悩のあまり一人鎌倉に参禅に出かけるが、悟ることはできずに帰京する。幸い安井は既に満州に去り、小六も坂井の書生となることが決まったが、春を喜ぶ御米に、宗助はまたじき冬になるよと答えるのだった。

『彼岸過迄』(一九一二年一月二日〜四月二九日)

【風呂の後】就職活動に疲れた田川敬太郎は、風呂の後に同じ下宿の森本からおもしろい昔話を聞くが、彼はその後満州へ夜逃げしてしまった。

【停留所】友人の須永市蔵から叔父の田口を紹介してもらった敬太郎はある男の探偵を命じられるが、男が若い女と会って食事をしたという以外に、たいした情報は得られなかった。

【報告】田口にロクな報告のできなかった敬太郎

は、その男に直接会って話をすることになった。それは松本という須永のもう一人の叔父で、高等遊民として暮らしていた。彼が会っていた女は、田口の娘千代子であった。

【雨の降る日】松本は雨の降る日の来客中に、愛娘を急死させた経験があった。それ以来彼は雨の降る日には人と会わないのだと、千代子は語った。

【須永の話】須永は千代子とは許嫁のような関係にあったが、田口は許す気がない。須永も「恐れない女」と「恐れる男」との結婚を望んではいなかった。しかし、高木という男の出現に嫉妬を感じた須永は、愛してもいないのになぜかと千代子に激しく難詰された。

【松本の話】須永は親戚の中にあって孤独を感じていた。松本は、それは実は、彼が母ではなく小間使いの子だからだと秘密を明かした。

『行人』(一九一二年一二月六日～一九一三年一一月一五日)

【友達】お手伝いのお貞の結婚相手を見るために関西に旅行した長野二郎は、胃潰瘍で入院した友人の三沢を看病することになったが、美人の患者をめぐって妙な暗闘を感じた。

【兄】母と、大学教授の兄一郎と直夫婦も関西に来たので和歌の浦見物に出かけると、直が二郎を好いていると疑う一郎が、二人で一泊旅行をして貞操を試してくれと依頼した。日帰りのつもりが台風で一泊した二郎は、直から死の覚悟や意味ありげな言葉を聞いたが、何一つ答えることができなかった。一郎には、直の人格に疑うところはないとだけしか報告しなかった。

【帰ってから】東京に帰ってからも一郎夫婦はしっくりゆかないが、二郎は詳しい報告をしなかった。一郎に強く求められて、再度彼の疑惑を否定すると、一郎は父と同じで信頼できない男だと激怒した。ついに二郎は家を出て下宿をした。

【塵労】下宿を訪ねた直は、自分は立枯になるしかないと言う。二郎は兄の友人Hさんに、一郎を旅行に連れ出してもらう。Hさんは手紙で、一郎が自分は絶対だと主張し、このままでは死ぬか、気が違うか、宗教に入るしかないという苦悩を語ったと伝えてきた。

『こころ』（一九一四年四月二〇日～八月一一日）

【先生と私】私は鎌倉の海岸で先生と知り合い、帰京してからもしばしば訪ねたが、先生に対して不思議な感じが消えなかった。奥さんも同様の感じを持っているらしかった。そこで、私は先生に過去を話してくれと頼んだ。私の真面目さを信じた先生は話す約束をした。

【両親と私】大学を卒業して帰省すると、腎臓病で倒れて死を覚悟した父はことの外喜んだ。しかし、先生の遺書を受け取った私は、危篤の父を残して東京へ向かった。

【先生と遺書】両親を亡くした私（先生）は、叔父に遺産を横領され、人間不信に陥って故郷を捨てた。東京の大学に通ううちに下宿の一人娘を愛するようになるが、猜疑心ゆえに告白できない。ところが、援助するつもりで同居させた友人のKに彼女への恋を先に告白され、動揺した私は急いで結婚を決めてしまった。Kはそのことに関しては何も言わず自殺した。結婚後も、人間の罪と寂寞とを感じ続けた私は、ついに明治の精神に殉死する決心をした。

『道草』（一九一五年六月三日～九月一四日）

遠い所から帰って来て大学の教師となっている（らしい）健三は学問一筋の生活を送っているが、それが妻御住からは手前勝手で理屈っぽい変人に見えている。一方、健三の目には御住が理解と同情心のないしぶとい女と映り、お互い求めるところがありながら、夫婦仲はしっくりゆかない。

ある日、一五、六年前に別れたはずの養父島田が健三の前に現れ、以後金の無心をするようになった。健三は過去のいきさつから、厭々ながらも要求に答えてしまう。そのうち、島田とは離婚した養母の御常まで現れ、健三から小遣いを受け取るようになる。小遣いは姉御夏にもやっており、兄や岳父までもが何かと依頼して来るなど、不本意ながらも、健三は親戚中から「活力の心棒」のように思われている。

一方、夫婦仲も悪化し、妊娠中の御住を一夏実家へ帰した。突然の出産に産婆が間に合わず、健三が赤ん坊を取り上げた事件もあった。

まとまった金を無心して来た島田には百円を渡して絶縁を確約させた。すっかり片付いたと喜ぶ御住に向かって、健三は「世の中に片付くなんてものは殆んどありゃしない」と吐き出すように答えた。

『明暗』(一九一六年五月二六日〜一二月一四日)

会社員の津田由雄と妻の御延は、結婚後半年ほど経つ夫婦。話は、津田の痔が再発し、入院して手術を受けることになったところから始まる。津田はその費用のあてがないまま入院してしまうが、夫婦の贅沢を快く思っていない父からは月々の送金を止められ、妹の御秀とは大喧嘩をしてしまう。津田が御延に甘いのは、見栄ばかりではなく、御延が社長吉川の知人の姪だからであり、また、以前に振られた清子への未練という弱味があるからでもあった。それに感付いている一人、旧友の小林は、津田や御延にそれとなく臭わせるなどして津田から朝鮮行きの餞別をせびり取る。同じ考えを持つ仲人の吉川夫人は、清子が流産の予後を養っている温泉に、手術後の療養の名目で行って、心変わりの理由を聞いて未練を晴らすようにと津田に旅費を渡した。さらに夫人は、その間に御延を妻らしく「教育」するとも言う。

この頃には、御延も津田の過去にはっきりと女の影を感じ取るようになり、それを御秀から聞き出そうとするが、果たせない。一方、津田は身心に不安を残したまま温泉に赴き、ついに清子と対面した……。

『現代日本の開化』(『朝日講演集』一九一一年一一月)

漱石は開化(近代化と言っていいはずだ)には二種類あるという。一つは「消極的のもの」で、時間だのエネルギーだのを節約するための開化である。もう一つは「積極的のもの」で、たとえば学問を含めた「道楽」のようなものだという。この二つの開化は複雑に絡み合っている。これら西洋の開化は歴史の必然によった内発的なものだが、明治維新以後の日本の開化は、西洋が百年かかって到達した地点に一〇年で追いつかなければならない外発的で上滑りなものである。しかし、これから降りるわけにはいかない。

『私の個人主義』(『輔仁会雑誌』一九一五年三月)

「私の個人主義」という講演は、大正三年に学習院で行われた。前半が〈自分は「自己本位」という立場から英文学研究を行ってきたが、みなさんも「自己本位」をつかみなさい〉と若い人へのアドバイスとなっていて、後半は〈みなさんは将来権力と金力を持つことになるけれども、それで得られる自由と同じように他人の自由も尊重しなければならないし、権力と金力に伴う義務を果たさなければならない〉と教訓する構成になっている。

付録4　教科書掲載作品の遷移（編集部）

教科書の検定開始以来、漱石の作品がどの時代にどれだけ掲載されてきたかの推移をまとめた。

こころ
三四郎
それから
夢十夜
草枕
吾輩は猫である
坊っちゃん
現代日本の開化
私の個人主義

平成15〜22
平成23〜令和3
令和4〜8
令和5〜9

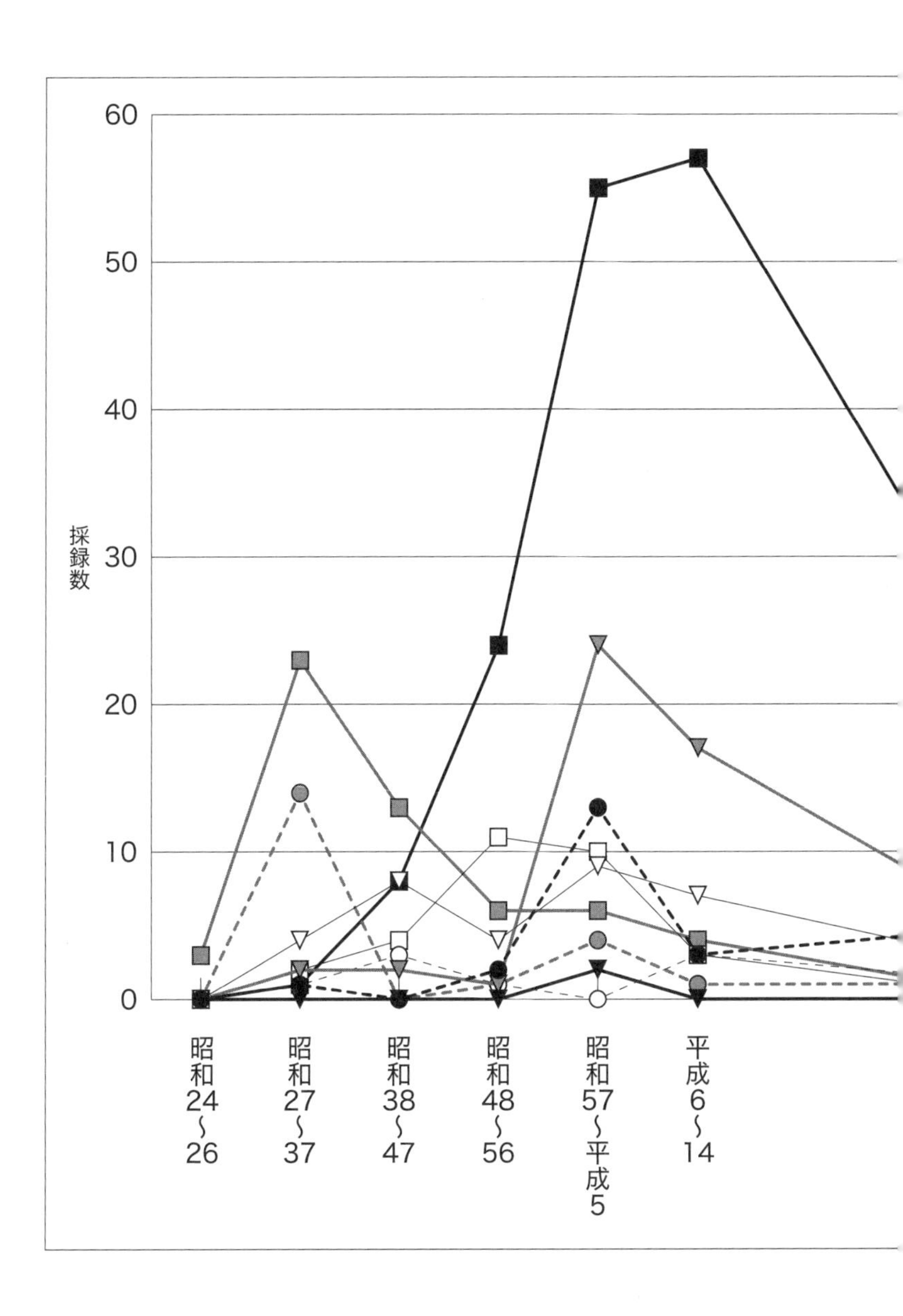
60
50
40
30
20
10
0
採録数
昭和24～26
昭和27～37
昭和38～47
昭和48～56
昭和57～平成5
平成6～14

付録5　定番教材「こころ」「夢十夜」について（編集部）

（1）掲載箇所

漱石の作品の中で定番教材となっている「こころ」「夢十夜」の二作品について、作品のうちのどの箇所が高校の教科書に取り上げられてきたのかを調査した。なお、教科書の書名の後の番号（「文国711」など）は、それぞれの教科書番号を示している。この番号により、各教科書についてweb上で検索を行うことができる。

①こころ

「こころ」については、やはり「下　先生と遺書」を扱っているものが圧倒的に多い。「上　先生と私」も、かなり少数ながら長期間にわたってコンスタントに掲載されている。令和五年から使用されている教科書では、「文学国語」において、桐原書店の一社が掲載しているのみである

「こころ」　1949～2023年までの掲載箇所一覧

教科書掲載箇所	昭27～37	昭38～47	昭48～56	昭57～平5	平6～14	平15～22	平23～令3	令4～8	総計
上	1		1		2	1	3	1	9
中									
下		3	9	13	23	7	19	11	85
総計	1	3	10	13	25	8	22	12	94

（『探求 文学国語』（文国711））。「中 両親と私」を教材として掲載している教科書は、本調査では一冊も見つからなかった。

②夢十夜

「夢十夜」の各話の掲載数については、「第一夜」と「第六夜」の二つが突出している。次いで「第七夜」が三位につけている。しかしこれも、令和四年から始まった「言語文化」においては、「第七夜」を掲載した教科書は一冊もなかった。「第二夜」「第三夜」「第五夜」は教科書に掲載されたことがないため、この表では除外した。

なお昭和三八～四七年では、「夢十夜」は中学校の教科書に掲載されたのみで、高校の教科書には掲載がなかった。

「不明」としたのは、昭和五七～平成五年に出版された教科書において、掲載箇所が確認できなかったものである。

「夢十夜」　1949～2023年までの掲載箇所一覧

教科書掲載箇所	昭27～37	昭38～47	昭48～56	昭57～平5	平6～14	平15～22	平23～令3	令5～9	総計
第一夜			2	7	3	6	20	9	47
第四夜			1	1	1				3
第六夜	1		2	6	3	6	18	6	42
第七夜	1		2	3	1		1		8
第八夜			1						1
第九夜				1					1
第十夜			1	1					2
不明				6					6
総計	2		9	25	8	12	39	15	110

（2）「学習の手引き」対象箇所

「こころ」「夢十夜」の二作品について、高校の教科書の「学習の手引き」の設問の中で、取り上げられていることが多い箇所の数をカウントした。

①こころ

「こころ」では、「覚悟ならないこともない」、「精神的に向上心のない者はばかだ」、「もう取り返しがつかないという黒い光」がトップ3という結果になった。

いずれも、先生・K・お嬢さんの三角関係にまつわる記述である。

「こころ」　「学習の手引き」対象箇所ランキング

順位	掲載箇所	実数
1	覚悟ならないこともない	49
2	精神的に向上心のない者はばかだ	42
3	もう取り返しがつかないという黒い光	37
4	策略で勝っても人間としては負けた	25
5	もっと早く死ぬべきだのになぜ今まで生きていたのだろう	13
6	私の自然	13
7	新しい光で覚悟の二字を眺め返してみた私	8
8	Kがその刹那に居直り強盗のごとく感ぜられた	8
9	ことに霜に打たれて青みを失った杉の木立ちの茶褐色	8
10	私の頭は悔恨に揺られてぐらぐらしました	8

② 夢十夜

「夢十夜」では、「明治の木にはとうてい仁王は埋まっていないものだと悟った。それで運慶が今日まで生きている理由もほぼわかった」（第六夜）、「百年はもう来ていたんだな」（第一夜）、「百合」（第一夜）がトップ3という結果になった。

「第一夜」「第六夜」ともに、物語における印象的な結末部分が多く取り上げられている。

「夢十夜」　「学習の手引き」対象箇所ランキング

順位	掲載箇所	実数
1	明治の木にはとうてい仁王は埋まっていないものだと悟った。それで運慶が今日まで生きている理由もほぼわかった（第六夜）	49
2	百年はもう来ていたんだな（第一夜）	27
3	百合（第一夜）	19
4	無限の後悔と恐怖（第七夜）	7
5	あのとおりの眉や鼻が気の中に埋まっている（第六夜）	5
6	すらりと揺らぐ茎の頂に（第一夜）	4
	そこに、映っている（第一夜）	3
	赤いまんまでのっと落ちていった（第一夜）	3
	赤い日（第一夜）	3
	……やいなや……（第六夜）	3

(3)「学習の手引き」主要設問

「こころ」「夢十夜」の二作品について、「学習の手引き」の中で、問われることの多い主要な設問の例を以下にあげた。

①こころ

・「覚悟、——覚悟ならないこともない。」と言ったKの言葉を、「私」はどのような意味に解釈したか。また、Kはどのような考えで言ったと考えられるか。
(『文学国語』(文国701)東京書籍)

・「私」の「精神的に向上心のない者はばかだ」という言葉の真意はどこにあったのか、まとめてみよう。
(『精選 文学国語』(文国707)明治書院)

・次の部分を、表現に即して読み味わってみよう。
「もう取り返しがつかないという黒い光が、私の未来を貫いて、一瞬間に私の前に横たわる全生涯をものすごく照らしました。」
(『新編 文学国語』(文国705)大修館書店)

②夢十夜

(第一夜)

・「百年はもう来ていたんだな。」と気がついたのはなぜか、考えてみよう。
(『新編 言語文化』(言文706)大修館書店)

(第六夜)

・「ついに明治の木にはとうてい仁王は埋まっていないものだと悟った。」とは、どのようなことを言っていると思うか、考えよう。
(『新編 言語文化』(言文701)東京書籍)

あとがき

この本は、漱石文学を教える高校の先生方や、漱石について考えてみたいと思っている方や、昔教室で学んだ漱石を懐かしく思っている方々に向けて書かれた。ただ、それには少し迂遠な書き方になっていると思う。どうしてそうなったのかを書いておこう。

大学教員の多くは自分を研究者だと思っている人間が多い。たまに学者だと思っている人間がいて、「偉いんだなあ」という皮肉な感想を持つ。自分を教師だと思っている人間はごく少ない。いや、少なかった。それは学生もよくわかっていて、「先生方は片手間に教えていますよね」とハッキリ言う。それでも最近は研究にも教育にも熱心な大学教員が確実に増えてきた。

それを一番邪魔しているのは文部科学省だ。研究はもちろん、教育にも役に立たない書類の山や、観てからテストを受けなければならないビデオの嵐。大学でも何か「問題」がおきるたびに誓約書のような書類が増える。これらを一応校務と呼んでおくなら、研究の片手間というよりも、校務の片手間に授業をしなければならなくなってきた。

高校の先生方も事情は同じようなものだ、いや、教育学部の教員なので、もっともっと過酷な状況に置かれているとよく耳にする。保護者対応に部活顧問。民間企業は人材確保に必死なのに、文科省というか政府は手ぬるすぎる。

この本は、そういう先生方の授業の準備をサポートするために書かれたのでは、ない。いや、サポートできればと思って書き始めたのだが、それはいくつかの意味でちがうというか、文学の授業はそんな単純なものではないと思うようになった。

私の所属している大学院の近代文学専攻の四人の教員で、修士課程の大学院生のために『近代文学　研究と資料』という研究同人誌を年に一度出している。大学院生の自主編集だが、教員が交替で「あとがき」を書いている。私はいつも文学とは直接かかわらないテーマで書くことにしている。以下に（少し省略して）引くのは、二〇二〇年三月に刊行された第一四集に書いたものである。

＊

この研究同人誌（と言っていいのかな）に論考を寄せるのは、教育学研究科国語教育専攻で近代文学を学ぶ修士課程の学生である。その多くは教員を目指している。私たち大学に勤務する「研究者」も教員である。そういうこともあって、スポーツなどの名監督や名コーチや名選手に興味がある。最近「野村再生工場」の異名を持つ、人を育てることでは定評のあったプロ野球の野村克也氏が亡くなった。いまプロ野球一二球団の監督のうち約半分が何らかの形で野村氏の教えを受けた人だという。本人も「最大の貢献は人を残すことだが、それだけは少しはできたかな」と語っていた。

野村氏の追悼番組をいくつか見た。監督としての野村氏は、ヤクルトスワローズを日本一に導いた後、三顧の礼をもって迎えられた阪神タイガースでは三年連続最下位という不名誉な結果に終わった。追悼番組を観ていて「ああ、これが原因だ」と思ったことがあった。

ヤクルトスワローズは、かつて西武ライオンズを常勝球団に育てた広岡達郎氏が、監督として日本一に導いたことがある。その広岡氏がはじめてキャンプに行くと、選手にやる気がまったくない。「やる気がないなら帰れ！」と一喝すると「はい」と言ってみんな帰ってしまうようなちゃらんぽらんが伝統のチームである。

野村氏は一年目のキャンプのミーティングで、お得意の人生論を長々と語って選手の度肝を抜いた。しかし、選手はホワイトボードに書かれる言葉とその「講話」を必死でノートしたという。ある選手はいまでもその三冊のノートを大切に取ってあると、カメラにノートを公開していた。画面からは話す方も聞く方も一生懸命という感じが伝わってきた。

よく野村氏がヤクルトスワローズを変えたと言うが、その頃、立教大学の金子明雄氏が「選手も監督を育てたよ。あの暗い野村監督がマスコミ受けするようなことを言うようになったから」と言ったのを、いまでもよく覚えている。まことにいい教師であり、まことにいい生徒だったことになる。

その野村氏が阪神タイガースに就任することになった記者会見。例の「講話」が「極秘」と書かれた一冊の「本」になっていた。それを選手に配って「浸透」させることが成否の鍵だと言うのだ。「ああ、これが原因だ」と思ったのは、その時である。選手がそんな分厚い「本」を読むはずがないというのは、たいした理由ではない。野村氏に確固たる指導方針ができあがっていて、それを「浸透」させるという、その姿勢がまちがっていたと直感したのである。

ヤクルトスワローズの選手と阪神タイガースの選手は違う。同じ指導方針でいいはずがない。いや、野村メソッドが完成してしまったのがいけなかったのだ。ヤクルトスワローズ時代には野村氏と選手には相互性があった。それが失われてしまったのだ。「浸透」という言葉がそれを象徴している。つまりこういうことだ。指導者は常に未完成でなければならないと。われわれ教員も、教壇を去る最後の日まで未完成でなければならない。

＊

書いているうちに、この本は「野村メソッド」のように読まれてはならないと強く思うようになったのだ。研究も教育も迷うからいい。文学は特にそうだ。つまり、私がこの本に書いたのは、迷う材料を増やすためだったのだと、いま思っている。事実、私も迷いが増えた。そして、ほぼ完成していて自信のある部分の解説よりも、新しく手探りで書いた部分のいわば未完成の解説を書いていたときの方が楽しかった。教育もそうだと思う。

この本は、編集部にいらした牛窓愛子さんから二〇一六年に「国語教室」への執筆を依頼されたところからはじまった。その後、その連載をもとにと単行本執筆の依頼を受けたのが翌二〇一七年だった。「国語教室」連載中にいただく牛窓さんの疑問だしのレベルの高さに感心していたので、この方とならと思って即答だった。牛窓さんは大量の資料も集めてくれた。

ただ、その頃から私が学会改革の仕事に集中しなければならなくなり、数年間、原稿が書けない状態が続いた。そして、コロナ元年に牛窓さんは退職してしまった。在職中に原稿が書けなかったのはなんとも申し訳ない気持ちになった。そんなわけで、この本には牛窓さんへの感謝とお詫びの気持ちがこもっている。

あとを引き継いだのは土居竜輔さん。まだお若く教科書の編集の仕事が中心で、単行本の編集の仕事ははじめてだという。慣れない編集作業でわからないことも多く、苦労も多かったと思う。それで原稿を書き終わってから、私もいつもよりもかなり多い時間と労力を割かなければならなかった。

でも、誰にでもどんな仕事にも「はじめて」はある。「はじめて」がなければ二度目、三度目はない。それがたまたま私に当たっただけの話である。土居さんの「はじめて」におつきあいできて、土居さんの編集者人生に私の名前が刻み込まれるのなら、それは私の人生にとっても幸いではないだろうか。

装幀は鈴木衛さんに依頼してくれた。ホームページなどを参照していて、ぜひ鈴木衛さんへという気持ちが強くなった。いつものように、漱石像は使わないでほしいと希望した。最終案を四つも提示して下さった。いずれも教室と窓がテーマだという。なるほどと思った。教室の窓から出ていく、教室の窓から入ってくる、それが文学教材だ。少しわかりにくいかもしれないが、すり切れた教室の木の床に窓の光が差し込んでいる。かつてこの教室で漱石文学を学んだ生徒たちの足跡——。

二〇二三年九月

石原千秋

事項索引

人名索引

[著者紹介]

石原千秋（いしはら　ちあき）
1955（昭和30）年生まれ。成城大学大学院文学研究科国文学専攻博士課程中退。早稲田大学教育学部教授。専攻は日本近代文学。著書に『反転する漱石』（青土社）、『漱石と三人の読者』（講談社現代新書）、『漱石はどう読まれてきたか』（新潮選書）、『『こころ』で読みなおす漱石文学』（朝日文庫）、『夏目漱石『こころ』をどう読むか』（編著、河出書房新社）、『漱石と日本の近代』（新潮社）、『読者はどこにいるのか』（河出文庫）、『教科書で出会った名作小説一〇〇』（新潮文庫）など多数。

教科書の中の夏目漱石

NDC910／255p／19cm

初版第1刷――2023年11月20日

著者――――石原千秋
発行者―――鈴木一行
発行所―――株式会社 大修館書店
〒113-8541 東京都文京区湯島2-1-1
電話03-3868-2651（販売部） 03-3868-2291（編集部）
振替00190-7-40504
[出版情報] https://www.taishukan.co.jp

装丁者―――鈴木衛
印刷所―――広研印刷
製本所―――難波製本

ISBN978-4-469-22280-7 Printed in Japan